LEKTÜRESCHLÜSSEL
FÜR SCHÜLERINNEN UND SCHÜLER

Uwe Timm

Am Beispiel meines Bruders

Von Mirjam Bellmann

Philipp Reclam jun. Stuttgart

Dieser Lektüreschlüssel bezieht sich auf folgende Textausgabe: Uwe Timm: *Am Beispiel meines Bruders*. Vom Autor durchges. Ausg. München: Deutscher Taschenbuch Verlag, 2005. (dtv. 13316.)

RECLAMS UNIVERSAL-BIBLIOTHEK Nr. 15415

Gesamtherstellung: Reclam, Ditzingen
Printed in Germany 2011

ISBN 978-3-15-015415-1

www.reclam.de

Inhalt

1. Erstinformation zum Werk

> Mehrmals habe ich den Versuch gemacht, über den Bruder zu schreiben. Aber es blieb jedesmal bei dem Versuch. (8)

Als Uwe Timm drei Jahre alt war, erreichte seine Eltern die Nachricht, dass ihr erstgeborener Sohn Karl-Heinz an der Ostfront gefallen war. Der 18-Jährige hatte sich erst zehn Monate zuvor, im Dezember 1942, freiwillig zur Waffen-SS gemeldet.

Mit diesen Fakten verbunden sind Fragen, die dem Autor emotional einiges zumuten: Wer ist dieser Bruder? Welche Rolle spielte er in meiner Familie vor, welche nach seinem Tod? Inwieweit können Opfer und Täter ein und dieselbe Person sein? Und, nicht zuletzt: Was habe ich – der um sechzehn Jahre jüngere Bruder – mit ihm zu tun? Bevor Uwe Timm sich diesen Fragen stellen konnte, mussten sechzig Jahre vergehen. Erst dann war er dazu in der Lage, das Trauma seiner eigenen Familie literarisch aufzuarbeiten.

Aufarbeitung des Familientraumas

Die persönliche Erinnerung des »Nachkömmlings« an den wesentlich älteren Bruder beschränkt sich auf nur wenige Wochen des Sommers 1943, als Karl-Heinz seinen Fronturlaub bei der Familie in Hamburg verbrachte. Entsprechend schemenhaft und kaum fassbar ist diese Erinnerung. Und doch, so Uwe Timm, blieb der Bruder auch nach seinem frühen Tod immer spürbar: »Abwesend und doch anwesend hat er mich durch meine Kindheit begleitet« (8). Diese »Anwesenheit« hatte viele Gesichter: Dazu gehörten kon-

»Anwesenheit« des Bruders

krete Erinnerungen der Eltern, die an den Autor weitergegeben wurden, aber auch Stilisierungen, die teilweise den Charakter innerfamiliärer Mythen annahmen. Erst durch das Ausblenden unerwünschter Störfaktoren – »Tote soll man ruhen lassen« (10) – wurden solche Stilisierungen möglich: »Er log nicht. Er war anständig. Und vor allem, er war tapfer« (14). Die »Anwesenheit« des Abwesenden hat das Leben der Familie entscheidend mitgeprägt und somit Kindheit und Jugend des Autors nachhaltig beeinflusst.

Bücher mit ähnlicher Thematik

Uwe Timm steht mit Erfahrungen dieser Art nicht allein. Seit etwa Mitte der neunziger Jahre erschienen zahlreiche Bücher, in denen sich die Autoren mit den Verstrickungen der eigenen Familie in die Verbrechen der NS-Zeit auseinandersetzen, Bücher also, die im Spannungsfeld zwischen autobiographischem Erleben und »großer« Zeitgeschichte angesiedelt sind. Beispielhaft genannt seien zwei dieser Publikationen. Im Jahr 2007 erschien *Schweigen tut weh* von Alexandra Senfft, einer Enkelin des SA-Führers Hanns Ludin, der für den Tod von 60 000 deportierten Juden verantwortlich war und 1947 gehenkt wurde. Demgegenüber rekonstruiert die Fernsehjournalistin Wibke Bruhns in ihrer drei Jahre zuvor erschienenen Familienchronik *Meines Vaters Land* aus der Tochterperspektive das Leben und Sterben des Widerstandskämpfers Hans Georg Klamroth, der 1944 als »Verschwörer des 20. Juli« von den Nationalsozialisten hingerichtet wurde.

Im Alltäglichen das Ungewöhnliche sehen

Neben solchen Biographien prominenter Täter und Opfer nimmt sich das, was Timm zu berichten weiß, wenig spektakulär aus. Sein Augenmerk richtet sich darauf, im Alltäglichen das Ungewöhnliche zu sehen; er will dabei »nahe Menschen – also auch sich selbst – von fern betrachten und darüber erzählen, exakt, ohne Beschönigung, ohne Versöhnung, aber mit Lust, Angst, Wut und Trauer.«[1]

Dass dies gelungen ist, hat ihm die Mehrzahl der Rezensenten bescheinigt. Uwe Timm liefert nicht nur ein biographisches Zeugnis von großem persönlichem Erinnerungswert, sondern er vermag es auch, historische Fakten und literarisches Schreiben so miteinander zu verknüpfen, dass ein bewusst komponiertes Gewebe aus Hintergrundinformationen und autobiographischer Erzählung entsteht. Einer der traditionellen Literaturgattungen lässt sich der Text also nur mit Einschränkungen zuordnen, und das mag den Autor veranlasst haben, auf einen Untertitel mit entsprechender Angabe zu verzichten. Der Klappentext zur Erstausgabe weist indes darauf hin, dass das *Bruder*-Buch vom realen Autor und von seiner Familie handelt, also demnach zumindest im weiteren Sinne der Gattung Autobiographie zuzuordnen ist. Uwe Timm selbst hat seinen Text einmal charakterisiert als »autobiographische Literatur mit essayistischen Exkursen«.[2]

Komponiertes Gewebe

Autobiographie

2. Inhalt

Das Buch beginnt mit der einzigen persönlichen Erinnerung des Autors an seinen älteren Bruder Karl-Heinz. Diese Erinnerung bezieht sich auf eine Begegnung im Sommer 1943. Wenn Timm an dieser exponierten Stelle bei der Schilderung einer Spielsituation davon spricht, der Bruder habe ihn, den Dreijährigen, »erhoben«, so sagt dies auch etwas über die Erzählweise des Buches aus: Der Blick von oben gewährt Distanz, zugleich aber bleibt der Kontakt zum Objekt der Recherche erhalten.

Der Blick von oben

Wenige Wochen nach der eingangs geschilderten Begegnung, im September, wird Karl-Heinz, der sich im Dezember des Vorjahres freiwillig zur Waffen-SS gemeldet hat, an der Ostfront schwer verwundet, bleibt, nur notdürftig versorgt, eine Nacht lang liegen und muss sich anschließend im Lazarett einer Amputation beider Beine unterziehen. Vermutlich unter Morphium, das gegen die Schmerzen helfen soll, schreibt er noch einmal nach Hause (29). Sieben Tage später ist er tot. Die Familie erhält zusammen mit der offiziellen Todesnachricht eine Pappschachtel, in der sich die wenigen Habseligkeiten des jungen Mannes befinden (31). Fünfzig Jahre lang wird diese Schachtel im Frisiertisch der Mutter liegen. In ihr verwahrt sie auch die wenigen schriftlichen Zeugnisse ihres älteren Sohnes: Seine Kriegsbriefe und das – verbotenerweise – geführte Fronttagebuch.

Schriftliche Zeugnisse

Die Begleitumstände der freiwilligen Meldung zur SS (12) und der frühe Tod des Bruders bilden die Keimzelle des Buchs.

Keimzelle des Buchs

Timm hält fest, was dem Familiengedächtnis einverleibt

ist: Details und Bilder aus dem kurzen Leben des Bruders, aber auch Ereignisse aus seiner eigenen Biographie und den Lebenswegen von Vater, Mutter und Schwester. Es geht also nicht um die Betrachtung eines isolierten Einzelschicksals, sondern um die Einbettung dieses Schicksals in eine innerfamiliäre Konstellation. Aber auch dabei belässt Timm es nicht. Die zahlreichen Hinweise auf historische Ereignisse und die Integration von Quellentexten machen sichtbar, wie eng Privatschicksal und sogenannte »große« Geschichte ineinander verschränkt sind. Timms Anliegen ist es, die Vielfältigkeit dieser Verknüpfungen aufzuzeigen.

Privatschicksal und »große« Geschichte

Der Vater war als Soldat in beide Weltkriege involviert. Militärische Ideale verinnerlichte er dabei so gründlich, dass sie nachhaltig seine Vorstellung von Ehre, Tugend und Männlichkeit bestimmten. Aber auch seine schmerzlichsten Erfahrungen sind eng verbunden mit dem Krieg: Innerhalb weniger Wochen – im Sommer und Herbst des Kriegsjahres 43 – verliert er sein Wohnhaus (35) und den Sohn. Eine in den Trümmern zufällig gefundene Pelznähmaschine (69) wird Ausgangspunkt für einen beruflichen Neubeginn, dem aber nur kurzzeitig Erfolg beschieden ist. Resignation und Alkoholismus prägen die letzten Lebensjahre des Vaters und führen seinen frühen Tod herbei (153). Der Vater ist die Person, mit der sich Uwe Timm am intensivsten auseinandersetzt. Die spannungsreiche Beziehung zum Vater bleibt auch nach dessen Tod emotional bestimmend.

Der Vater

Anders das Verhältnis zur 1991 verstorbenen Mutter: Timm erinnert sich an sie mit großer Liebe, an ihr Lachen (109), an die gemeinsamen Ausflüge ins Café (110). Ihre politische Positionierung bleibt unklar: Einmal erscheint sie als eine völlig un-

Die Mutter

politische Person (129), die allerdings eine schwärmerische Vorliebe für Uniformen hegt, dann wieder hält Timm es für durchaus möglich, dass sie Anfang der fünfziger Jahre an einer Demonstration gegen die Wiederbewaffnung teilnahm (129 f.). Den endgültigen Abschied von ihr stellt er in den Mittelpunkt einer längeren Textsequenz (109–117).

Die Schwester

Die Schilderung des weitgehend unglücklich verlaufenden Lebens der 1922 geborenen Schwester steht im Zentrum zweier längerer Erzählpassagen (48–54; 138–140). Hanne Lores erster Verlobter fällt im Krieg, der zweite stirbt in russischer Gefangenschaft (49). Dann verrennt sie sich in eine Liebesaffäre mit demütigendem Ausgang und gerät deswegen in Konflikte mit dem Vater (49 f.). Erst nach dessen Tod, in hohem Alter, ist ihr ein kurzes, aber intensives privates Glück beschieden (139 f.).

Reise in die Ukraine

Am Ende des Buchs verbinden sich Gegenwart und Vergangenheit, wird ein Bogen geschlagen zwischen Zweitem Weltkrieg und Jahrtausendwende: Auf einer Reise in die Ukraine, die Uwe Timm »die größtmögliche räumliche Annäherung an das Grab des Bruders« (124) ermöglicht, lauscht der Autor in der Sophienkathedrale in Kiew einem »leisen, wehmütigen, nie gehörten Sprechgesang« (154), der ihn tief bewegt. Übergangslos folgt eine letzte Reflexion: Timm geht dem Gedanken nach, dass es das Kriegstagebuch des Bruders eigentlich gar nicht hätte geben dürfen, da Soldaten das Führen von Tagebüchern verboten war. Noch einmal erinnert er sich an das Pappkästchen, in dem die Habseligkeiten des Bruders aufbewahrt wurden – um dann dem Tagebuch das letzte Wort zu überlassen: »*Hiermit schließe ich mein Tagebuch, da ich für unsinnig halte, über so grausame Dinge wie sie manchmal geschehen, Buch zu führen*« (155).

Letzte Reflexion

Übersicht über die erzählte Zeit

Datum	Vater Hans	Mutter Anna	Bruder Karl-Heinz	Schwester Hanne Lore	Erzähler Uwe Timm
Nov. 1899	Geburt (20)				
1902		Geburt (47)			
1910/11–1917/18	bei seinem Onkel in Coburg (151)				
1917	meldet sich freiwillig zum Kriegsdienst (20)				
ca. 1919	kämpft in einem Freikorps gegen die »Bolschewisten« (20); womögl. Mitglied in der Organisation Consul (41); danach vermutl. Studium der Zoologie (41)				
1921	Versuch, eine Spielwarenfabrik aufzubauen (42)				
1921	lernt die Mutter kennen; Eheschließung (42)	lernt den Vater kennen; Eheschließung (42)			
1922				Geburt (47)	
1924			Geburt (12)		
1929	Eröffnung eines Geschäfts für Tierpräparationen in Hamburg (61)				
30.3.1940					Geburt
Dez. 1942			tritt in die Totenkopfdivision der Waffen-SS ein (11)		

Datum	Vater Hans	Mutter Anna	Bruder Karl-Heinz	Schwester Hanne Lore	Erzähler Uwe Timm
14.2.1943			Beginn der Tagebucheintragungen (14)		
März 1943			Beteiligung an der Rückeroberung von Charkow (16,136) 17.3.: Erster Brief von der Front (74)		
Sommer 1943			Heimaturlaub (7); am 5.7.43 Beginn der Schlacht bei Kursk (94)		einzige Erinnerung an den Bruder
25.7.1943	Während des Heimaturlaubs: Haus in Hamburg wird ausgebombt (35)	Haus wird ausgebombt, anschließend Evakuierung nach Coburg (Spätherbst 1943 bis 1946)		Haus wird ausgebombt, Vater rettet Schwester das Leben (35)	Haus wird ausgebombt, anschließend Evakuierung nach Coburg (Spätherbst 1943 bis 1946)
6.8.1943			letzter datierter Tagebucheintrag (120)		
19.9.1943			schwere Verwundung (30)		
16.10.1943			Tod (31)		
1944				Verlobter gerät in russische Kriegsgefangenschaft (49)	
1945/46	gründet nach der Entlassung aus der Gefangenschaft ein Pelzmantelgeschäft; Familie wohnt im Keller (69)				

1948	Einzimmerwohnung (71)			
1951	Dreizimmerwohnung mit Ladenlokal und Werkstatt (71)		Tod des Verlobten in russischer Kriegsgefangenschaft (49)	
1952	wirtschaftlicher Aufschwung: Einstellung eines Chauffeurs (»Massa«), der bis 1955 für die Familie arbeitet (75)			
1954	finanzielle Schwierigkeiten (79)			
ca. 1956	erster Herzinfarkt (83)			
1.9.1958	Tod (151)			
1976		Russlandreise (26)		
1984		Geschäftsaufgabe (46)		
Sommer 1991		Tod (115–117)		
1994			erfüllte Liebe zum Hausarzt der Familie (139)	
1999			Tod	
ca. 2001/02				Reise in die Ukraine (121–125,154) und Arbeit am Buch
2003				Veröffentlichung des Buchs

3. Personen

Vorbemerkung zur Erzählperspektive

Der Erzähler

Alles, was wir erfahren, erfahren wir durch den Erzähler, der in diesem Fall mit dem Autor gleichgesetzt werden darf. Er ist es, der die Lebensgeschichten seiner Familienmitglieder nicht nur nacherzählt, sondern auch kommentierend reflektiert. Dabei fällt auf, wie er sich immer wieder darum bemüht, Nähe und Distanz auszubalancieren. Ein Indiz dafür ist z. B. der fast konsequente Verzicht auf Possessivpronomen (»die Mutter« statt »meine Mutter« usw.). Der Leser wird nicht mit vorgestanzten subjektiven Meinungen abgefertigt, sondern aktiv in den Erkundungsprozess mit einbezogen. Dies geschieht u. a. dadurch, dass die Sichtweisen anderer Personen referiert oder zitiert werden. Dennoch bleibt all das, was mitgeteilt wird, bleiben auch Zitate aus Fremdtexten ebenso wie Fakten und Daten subjektiv bestimmt. Denn schließlich ist es immer der Autor, der auswählt. Der Erzähler ist somit eine Art Filter. Seine erzählerischen Entscheidungen, seine Reflexionen und Deutungen bestimmen die Blickrichtung des Lesers.

Die Schwester

Enttäuschung des Vaters

Nicht »der erwünschte Sohn« (47), sondern nur ein Mädchen: Das Leben der Schwester Hanne Lore beginnt mit der Enttäuschung des jungen Vaters, der sich sehnlichst einen

Jungen gewünscht hatte. Aus diesem Umstand erwächst eine nie verhehlte Indifferenz des Vaters gegenüber der Tochter, die sich wie ein dunkler Schatten über deren Leben ausbreitete. »*Unser Vater hat mich immer abgelehnt*« (48), und »ich gehöre zu denen, […] die einfach kein Glück im Leben haben« (49), konstatiert sie als Erwachsene und benennt damit zugleich die Eckpunkte einer Existenz, die aus eigener Kraft nichts zu schaffen vermochte: »Sie hatte keine eigene Bestimmung ausbilden können« (48). Ihr Leben ist von Schicksalsschlägen und privaten Enttäuschungen bestimmt. Auch wenn es so scheint, als habe sie sich mit ihrem Unglück abgefunden, offenbart ein Gespräch zwischen den erwachsenen Geschwistern, dass die erlittenen Verletzungen nicht ausgeheilt sind: »Unser Vater war immer so fürsorglich, […] der Vater hätte diese böse Operation verhindert« (54). Mit diesen anrührenden, kindlich vertrauenden Worten artikuliert die schwer Erkrankte ihre Ur-Sehnsucht nach der Liebe des inzwischen längst verstorbenen Vaters und entwirft eine Scheinrealität, ohne die sie nun, in einer existentiell bedrohlichen Situation, nicht mehr auskommen kann.

Kein Glück im Leben

Sehnsucht nach väterlicher Liebe

Beruflich wenig ambitioniert und eher unentschlossen, sucht die Schwester Erfüllung in privatem Glück. Zweimal verlobt sie sich, zweimal wird sie mit der Nachricht vom Tod ihres Verlobten konfrontiert. Der erste fällt als Infanterist in Russland, der zweite stirbt nach sieben Jahren in russischer Gefangenschaft. Da ist die Schwester schon fast dreißig Jahre alt. Ihre materielle Abhängigkeit von der Familie, die auch einen Auszug aus der elterlichen Wohnung unmöglich

Verlobungen

macht, wird für sie in besonderem Maße spürbar, als sie sich erneut verliebt, diesmal in einen Mann, der dem Vater ähnlich sieht (!). Ihre Liebe wird nicht erwidert, der Mann hintergeht sie. Das hält sie, die an Zurückweisung Gewöhnte, nicht davon ab, ihn weiter zu umwerben. Jetzt fühlt sich der Vater herausgefordert: Dass seine Tochter einem Mann hinterherläuft, ist ihm peinlich und widerspricht seinem Ehrenkodex. Autoritär verbietet er der 32-Jährigen jeden weiteren Kontakt – und sie, die keine Alternative sieht, fügt sich, wenn auch erst nach einigen erbitterten innerfamiliären Auseinandersetzungen, die der noch kindliche Bruder »staunend« (50) verfolgt.

Unglückliche Liebe

Erst nach dem Tod des Vaters ist die Schwester in der Lage, selbstbestimmt zu handeln. Sie schließt sich, durchaus unkonventionell für eine deutsche Frau in den 1960er Jahren, einem persischen Juden an. Als dieser sie heiraten will, lehnt sie ab. Allerdings deutet nichts auf einen kulturellen Vorbehalt hin. »Sie mag ihn, aber auf eine distanzierte, ihn fernhaltende Weise« (50). Es scheint so, als beginne sie endlich damit, ihren eigenen Gefühlen und Wünschen zu folgen. Dem gesellschaftlichen Druck, eine Verbesserung ihres Status durch Eheschließung zu erwirken, vermag sie jedenfalls nun zu widerstehen.

Dennoch gilt: »Mit der Geschichte seiner Schwester erzählt Uwe Timm ein Frauenschicksal, das für die Generation, der sie angehörte, keinesfalls untypisch ist.«[3] Zahllose Frauen hatten im Krieg oder als Kriegsfolge Partnerverluste hinzunehmen. Das traf sie umso härter, als Glück für eine Mehrheit nur im Privaten vorstellbar war und gesellschaftliche Anerkennung aus der »guten Partie« resultierte, die

Typisches Schicksal

es zu machen galt. Ehelosigkeit hingegen wurde fast als Schmach empfunden und führte unweigerlich zu einer lebenslangen ökonomischen Abhängigkeit von den Eltern.

Späte Erfüllung

Für Hanne Lore Timm erfüllt sich erst sehr spät, wonach sie ein Leben lang gesucht hatte. Eher zufällig ergibt sich eine Beziehung zu dem verwitweten Hausarzt der Familie. Sie findet Harmonie in einer Partnerschaft, Liebe und Zärtlichkeit. Da ist sie 72 und es bleiben ihr nur noch wenige Jahre Lebenszeit.

Der Vater

> »Die intensive Auseinandersetzung mit dieser Vaterfigur ist eines der wichtigsten Produkte des Schreibens gewesen. Ich wusste anfangs nicht, was herauskommen würde. Es ist aber durch diese Erinnerungsarbeit und mit dem zeitlichen Abstand ein großes Verständnis für ihn entstanden.« (Aus: Interview mit der *taz*, 13. September 2003.)[4]

Die Auseinandersetzung mit dem Vater durchzieht das Gesamtwerk Uwe Timms. Schon in *Heißer Sommer* (1974) und *Kerbels Flucht*[5] (1980) geht es – allerdings in fiktionalen Kontexten – um die Kriegserlebnisse, wirtschaftlichen Schwierigkeiten und Alkoholprobleme des Vaters. In *Der Freund und der Fremde* (2005) wird Hans Timm gleich zu Beginn als moralische Instanz eingeführt, als jemand, der »so viel auf Ehre hielt« (Erstausgabe, S. 21).

Wer ist dieser Vater? Ein gut aussehender Scharlatan (vgl. 42, 78, 84), der immer mehr darstellte als er war (vgl. 43) und seine Schwächen durch Charme kompensierte? Ein Mann, der allem Militärischen nahe stand und zugleich bei jeder Gelegenheit betonte, kein Nazi gewesen zu sein (vgl. 130)?

Ein Lebenskünstler und Trunkenbold, der den halbwüchsigen Sohn mit »rechthaberischer Strenge« (22) erzog – oder das groß gewordene einsame Kind, das einen gezähmten Raben auf der Schulter trug (vgl. 151)? Diese im Text berührten Aspekte markieren in Wahrheit verschiedene Facetten einer Vaterfigur, die man mit guten Gründen als schillernde Persönlichkeit bezeichnen könnte. Um sich ihr verstehend zu nähern, ist es unverzichtbar, über spezifische Zeitumstände und daraus resultierende Generationenkonflikte zu sprechen. 1899 geboren, gehört Hans Timm jener Generation an, die beide Weltkriege bewusst erlebt hat. Zum Ersten Weltkrieg meldet er sich, wie so viele seines Alters, freiwillig, wird Fähnrich und hofft, vergeblich, auf eine Offizierslaufbahn. Nach dem verlorenen Krieg schließt er sich einem Freikorps an, um »im Baltikum gegen die *Bolschewisten*« (20) zu kämpfen. Zudem steht er der »Organisation Consul« nahe. Dieser aus den Freikorps erwachsene Geheimbund hatte es sich zum Ziel gesetzt, das junge demokratische System der Weimarer Republik durch Terror zu unterminieren und den als Schmach empfundenen Versailler Vertrag zu sühnen. Dies geschah u. a. durch – als »Fememorde« bezeichnete – Attentate auf prominente Politiker. Bezeichnenderweise verhält sich der durch solche politischen Einflüsse geprägte Vater nach dem Zweiten Weltkrieg nicht wesentlich anders. Auch jetzt versucht er, die »Schuld zu relativieren, das eigene Schuldigsein auf die Sieger zu übertragen, sie zu Mitschuldigen zu machen« (130), und er identifiziert sich offensichtlich mit den die deutsche Wehrmacht verteidigenden Thesen des Generalfeldmarschalls von Manstein (vgl. 94).

Schillernde Persönlichkeit

Freikorps

Relativierung der Schuld

»Groß geworden waren wir, meine Generation«, schreibt Uwe Timm in *Der Freund und der Fremde*, »meist widerständig gegen die Väter, die *gehorsam* ausgezogen waren, die Welt zu erobern« und die sich nach dem Krieg »in die Umerziehung hatten schicken müssen, widerwillig, ihre befehlsgewohnte Lebensweise jedoch zäh in den Familien, Vereinen, Parteien behaupteten« (Erstausgabe, S. 90). Eine solche Gesinnung, eine solche Haltung war eine schwere Hypothek, die auch die Vater-Sohn-Beziehung im Hause Timm auf Dauer belastete.

Der innerfamiliäre Konflikt

Dieser innerfamiliäre Konflikt ist kein Einzelfall, sondern symptomatisch für das Generationenverhältnis in den ersten beiden bundesrepublikanischen Jahrzehnten – und er bestimmt die Sicht der Söhne auf die Väter. Viele Heranwachsende mussten zudem erleben, dass nach dem Krieg ein kollektiver Verdrängungsprozess einsetzte, der eine Aufarbeitung der NS-Zeit blockierte. Wenn die Frage nach offener oder latenter Täterschaft, nach Schuld und Verstrickung unbeantwortet blieb oder ihr mit »Entschuldigungs-Worten« (131) ausgewichen wurde, stand die natürliche Autorität der Eltern auf dem Spiel.

Autoritäre Väter

Insbesondere den sich autoritär gebärdenden Vätern, die mit »kleinlichen Verboten« (131) ihre innerfamiliäre Vormachtstellung zu sichern suchten, wurde der Gehorsam verweigert, und Bewunderung schlug nicht selten in Verachtung um: Es war »dieses Laue, dieses spürbare Sich-um-die-eigene-Schuld-Drücken« (131), schreibt Timm über seinen Vater, das bei dem heranwachsenden Sohn nur »Haß, Empörung, Verachtung« (131) auslösen konnte. Vor diesem Hintergrund wird verständlich, weshalb eine gelingende Kommunikation zwischen den beiden nahezu unmöglich scheint. Symptomatisch dafür ist jene Szene, in der Timm seinen Vater weinen sieht und sich mit Anteil nehmenden Fragen an ihn wendet. Das Gesprächsangebot wird abgelehnt: »Auf meine Fragen schüttelte er immer wieder nur den Kopf« (99). Die Tränen werden dem Vater ohnehin nur peinlich gewesen sein, widersprechen sie doch seinem Bild von Männlichkeit: »Ein Junge weint nicht« (143).

Distanz und Fremdheit

Dass die in diesem Buch geleistete Erinnerungsarbeit und der zeitliche Abstand tatsächlich zu einem »großen Verständnis« für den Vater geführt haben, wie Timm in dem zitierten Interview mit der *taz* anmerkt, ist nur bedingt nachvollziehbar. Bestimmend bleibt vielmehr der Eindruck, dass Distanz und Fremdheit, stellenweise sogar Befremdung, auch nach mehr als fünfzig Jahren das Verhältnis des Erzählers zu seinem Vater prägen. Ganz am Ende des Buchs steht ein Satz, der diesen beim Leser evozierten Eindruck zu bestätigen scheint: »Manchmal, sehr selten, ist er mir nahe« (153).

Die Mutter

Die Mutter ist fast durchgängig präsent und steht dem Erzähler spürbar näher. Textstellen, in denen sie erwähnt wird, durchziehen das Buch von der ersten bis zur letzten Seite. Manchmal ist sie Teil der elterlichen Gemeinschaft, öfter jedoch tritt sie als Einzelperson in Erscheinung. Ihren Vornamen erfahren wir – anders als bei Vater, Bruder und Schwester – allerdings nie. Sie ist »die Mutter« und sie gewährt, ganz eins mit dieser Rolle, liebenden Schutz (vgl.

112). Zuneigung und zärtliche Komplizenschaft prägen dann auch bis zu ihrem Tod im Jahre 1991 die Beziehung zu ihrem spät geborenen zweiten Sohn (vgl. 114 und 116 f.). Dass sie eine so »freundliche, gütige, jede Lüge hassende Frau« (112) werden konnte, ist angesichts ihrer kindlichen Sozialisation eher überraschend. Nach dem Tod der leiblichen Mutter wächst sie unter der Herrschaft einer engherzigen Stiefmutter auf (111), die das Kind, ganz dem Klischee entsprechend, drangsaliert und demütigt. Dieser schwierigen innerfamiliären Position entkommt die junge Frau durch eine frühe Eheschließung. Der Mann, dem sie ihr Leben lang die Treue hält und den sie beruflich und privat unterstützt, macht es ihr allerdings aufgrund seiner charakterlichen Disposition nicht immer leicht.

Komplizenschaft

Kindliche Sozialisation

Ehe

Dennoch scheinen die beiden recht gut zu harmonieren. So teilt sie mit ihrem Mann die Begeisterung für alles Militärische, allerdings weniger aus einer martialischen Gesinnung heraus als aus (pseudo-)ästhetischen Gründen: Sie schwärmt für »das Erscheinungsbild, die Uniformen« (24) und näht »silberne Achselstücke« (23) auf den Mantel ihres jüngeren Sohnes.

Uwe Timm schildert sie als eine eher unpolitische Frau. Inwieweit sie die Schuldverstrickung ihrer Generation und darüber hinaus auch ihre individuelle Schuld erkennt, bleibt unklar. Zwar gibt es Momente, in denen sie von sich aus fragt: »Was hätte ich tun können?« (129); auf der anderen Seite aber bedient sie sich ebenso unreflektiert wie der Vater jener Worthülsen, Euphemismen und Selbstberuhigungsfloskeln, die eine ernsthafte Auseinandersetzung mit der eigenen Schuld verhindern: »*Den Jungen verloren und das*

Heim« (87); »*Das haben wir nicht gewußt*« (129). Auch ihre Behauptung: »Ich war dagegen [...], daß sich der Karl-Heinz zur SS meldet« (20), gehört in diesen Kontext, dient sie doch primär der eigenen Absicherung und nachträglichen Gewissensberuhigung. Eine vertiefende Auseinandersetzung mit den Motiven, die den jungen Mann zu diesem Schritt veranlasst haben könnten, wird auf diese Weise vermieden, was der Erzähler durchaus kritisch registriert.

Liebenswert und warmherzig

Dennoch überwiegen andere Eindrücke: Timm porträtiert die Mutter als eine liebenswerte und warmherzige Frau. *Am Beispiel meines Bruders* ist somit auch ein Erinnerungsbuch, das eine gelingende Mutter-Sohn-Beziehung dokumentiert. Was bleibt, ist die unbeantwortete Frage, warum ihre mütterliche Fürsorge so gründlich versagt, als ihr erstgeborener Sohn sich zu einem fatalen Schritt entschließt, der ihn das Leben kosten wird.

Der Bruder

Exemplarische Figur

So wie das Schicksal von Vater und Schwester typisch für ihre Generation ist, so sieht Timm auch den Bruder als eine exemplarische Figur – was er schon durch den Titel markant verdeutlicht.

Er war ein »braves Kind«, ein »stilles Kind« (27), begibt sich aber, gerade der Kindheit entwachsen, in die Maschinerie eines schon weit fortgeschrittenen Krieges, in dem er zugleich Täter und Opfer wird. Wofür er sonst noch steht, kann nur in Frageform formuliert werden: Ist der ehemalige Hitlerjunge der ty-

Täter und Opfer

pische ideologisch verblendete NS-Täter, der aus Überzeugung mordet? Oder liefert er ein Beispiel für die Gruppe jener braven, etwas naiven jungen Männer, die den Idealen einer martialisch geprägten Umwelt genügen wollen (vgl. 19) und dabei Opfer ihres unreflektierten Gehorsams werden?

Das Bild, das sich vor dem Auge des Lesers entwickelt, bleibt diffus, wenig greifbar. Dies liegt nicht zuletzt daran, dass die zu Beginn geschilderte Familienszene die einzige persönliche Erinnerung des Erzählers an den Bruder darstellt. Alle anderen Erfahrungen sind solche aus zweiter Hand, sind ein Wissen vom Hörensagen, wobei Eltern und Schwester als »Quelle« fungieren. Dabei ist zu beobachten, dass die – sich im Rückblick verklärenden – Erinnerungsbilder einander zum Teil widersprechen.

Widersprüche

Erscheint Karl-Heinz in Aussagen des Vaters als »*der tapfere Junge*« (14), so zeigt uns eine an den Beginn des Buchs platzierte Schilderung einen verträumten, ein wenig ängstlichen und kränkelnden Jugendlichen (vgl. 13 f.). Dieser zieht sich mit Vorliebe in eine Art »Lesehöhle« zurück, um sich dort in Bücher zu vertiefen, die Tiere in freier Wildbahn beschreiben und die den Halbwüchsigen davon träumen lassen, im »Afrika-Korps« Rommels zu kämpfen (vgl. 61). Das Lese-Versteck wird erst entdeckt, als der Bruder schon beim Militär ist (vgl. 14).

Auf diese Weise vermittelt sich der Eindruck großer zeitlicher Nähe zwischen dem Schutzraum der kindlichen Welt und der grausamen, gewalttätigen Realität des Krieges – einer Realität, in der er als Soldat der Waffen-SS töten und selbst den Tod finden wird.

Freiwillige Meldung zur SS

Obwohl er seinen Beruf als Kürschner liebte (vgl. 39), meldete Karl-Heinz Timm sich freiwillig. Dies geschah zu einem Zeitpunkt, zu dem die ehemalige »Elite«-Einheit zur Massenarmee geworden war und zwangsweise Aushebungen längst die Rekrutierungspraxis bestimmten. Entsprechend stieg die Zahl der Opfer in den eigenen Reihen drastisch.[6] Ob Karl-Heinz Timm dies bewusst war, ist nicht zu eruieren. Das Motiv für die freiwillige Meldung bleibt in mehrfacher Hinsicht rätselhaft: Nachvollziehbar ist sie weder unter psychologischen Gesichtspunkten noch was den Zeitpunkt betrifft.

Fotografien und schriftliche Aufzeichnungen

Einen direkteren, wenn auch begrenzten Zugang zu der Person des Bruders ermöglichen Fotografien und vor allem die spärlichen schriftlichen Aufzeichnungen, also die erhaltenen Briefe und ein Kriegstagebuch. Fast ein halbes Jahrhundert muss vergehen, bevor Uwe Timm sich der ungefilterten Authentizität dieser Zeugnisse zu stellen vermag (vgl. 8 f.).

Verräterisches Vokabular

Verräterisch ist das Vokabular, mit dem der junge Mann Zeugnis ablegt von den Geschehnissen des Krieges. Unreflektiert übernimmt er diffamierende Bezeichnungen für die Feinde (»*Iwan*« und »*der Sachs*«) und teilt lapidar mit, dass er am Abbau von Öfen beteiligt war (vgl. 89), ohne ein Wort darüber zu verlieren, welche Konsequenzen das für die Zivilbevölkerung hat. Ganz besonders aber befremdet die Kaltschnäuzigkeit, mit der er die Tötung eines russischen Soldaten abtut, wobei er die Mordwaffe geschmackloserweise zum gefräßigen Tier stilisiert (vgl. 16). Dann aber – in einer unvermittelten Wendung – beendet der Bruder sein Tagebuch mit der Begründung, es sei unsinnig, »*über so grausame Dinge wie sie manchmal geschehen, Buch zu führen*« (120). Welche Erlebnisse zu diesem

Gesinnungswandel führen, bleibt unausgesprochen. Gleich dreimal zitiert Uwe Timm diesen undatierten Eintrag (120, 147, 155). Zweimal lässt er darauf Reflexionen folgen, die von dem Bemühen zeugen, verstehen zu wollen. Doch die Versuche, Erklärungen zu finden, führen zu keinem befriedigenden Resultat. Was nicht beantwortet werden kann, ist die Frage nach dem »Warum?« (121). Der Bruder bleibt Timm ein Rätsel – und auch dem Leser.

Gesinnungswandel

Bruder bleibt ein Rätsel

4. Struktur und Erzählweise

> Der Junge träumt und *tünt.* Tünen hieß lügen, flunkern. Das plattdeutsche Wort kommt, und trifft es recht gut, von flechten. Tatsächlich war es für den Jungen ein Zusammenflechten von Gehörtem und Gesehenem, um sich selbst und den Dingen eine ganz eigene Bedeutung zu geben. (56)

Heterogene Textmaterialien

Das Bild des geflochtenen Zopfes ist hilfreich für das Erfassen der Textstruktur, verdeutlicht es doch das besondere Kompositionsverfahren des Buchs: Tagebuchnotate und Briefe des Bruders, Quellenmaterial wie Armeebefehle und Meldungen, Zitate aus der Literatur, Kindheitserinnerungen und Träume, Erzählungen Dritter, also überaus heterogene Textmaterialien werden, neben Erzählerberichten und -reflexionen, durch Montage in räumliche Nähe zueinander gebracht und quasi ineinander verflochten.

Gesamtkomposition

Kennzeichnend für die Gesamtkomposition ist zudem ein weitgehender Verzicht auf linearchronologische Darstellung. Dieses Verfahren ist für Timms Schreibweise nicht ungewöhnlich und erklärt auch seine besondere Affinität zu computergestütztem Schreiben: Seit Anfang 1990 erstellt er – im Gegensatz zu vielen seiner Kollegen – seine Texte am Laptop. In mehrfacher Hinsicht erhellend ist in diesem Zusammenhang eine Aussage Timms aus dem Jahr 1993: »Es wäre leichter gewesen […], wenn ich einen Roman wie *Morenga* in den Computer hätte schreiben können. Das hängt mit den zahlreichen Zitaten zusammen, mit der Struktur der Montage.«[7] Ziel dieses Verfahrens, das auch in *Am Beispiel meines Bruders* zur Anwendung kommt, ist die Schaffung neuer Kontexte und Zusammenhänge: »Durch Kombination kann eine neue Konnotation erreicht werden, winzige Sinnerweiterungen, auch Sinnverwirrungen […].«[8]

Was das bewusste Arrangieren von narrativen Erzählabschnitten, essayistischen Passagen und Quellenmaterial im Einzelnen bewirken kann, sei an einigen Textstellen exemplarisch verdeutlicht.

Das Arrangieren

Besonders augenfällig ist es, wenn sich zwischen benachbarten Textteilen Korrespondenzen ergeben, etwa dadurch, dass ein Thema mehr oder weniger assoziativ fortgesponnen wird. So mündet eine narrative Passage über den pubertären Uwe, den die sexuell aufgeladene Atmosphäre im Hamburger Vergnügungsviertel St. Pauli zu ausgedehnten Streifzügen verlockt (vgl. 27 f.), in eine sich auf vorsichtige Fragen beschränkende Reflexion, die mögliche erotische Erfahrungen des Bruders thematisiert: »Hatte der Bruder eine Freundin? War er schon einmal mit einer Frau zusammengewesen?« (28).

Korrespondenzen

Zueinander in Beziehung treten können auch Textpartien, die nicht unmittelbar aufeinanderfolgen. Mehr als hundert Seiten trennen etwa die sich ergänzenden Beschreibungen zweier Fotos. Auf beiden Bildern sieht man die Schwester: einmal als Mädchen, das »unbeachtet« neben den männlichen Mitgliedern seiner Familie steht (17), das andere Mal als selbstbewusste und glückliche Frau, »die Haare im Wind, mit einem kühnen Lächeln« (140).

Den beiden Beschreibungen der Fotos kommt durch die Art ihrer Verwendung eine rahmende Funktion zu; sie verklammern

Rahmende Funktion

Ausgangs- und Endpunkt eines Lebens, das diskontinuierlich zwischen diesen Eckpunkten erzählt wird (vgl. dazu auch Kap. 3).

Ein weiteres rahmendes Motiv ist das der blonden Haare des Bruders. Uwe Timm verwendet das Motiv zunächst in dem – ein Versteckspiel der Geschwister schildernden – Erinnerungsbild, das die Erzählung eröffnet. Mit diesem Bild korrespondiert, über einen großen Abstand hinweg, die Beschreibung der vom Militär überstellten Habseligkeiten des Bruders: Zu ihnen gehört ein Kamm, in dessen Zähnen sich das erhalten hat, »was von seinem Körper blieb, ein paar blonde Haare« (155). Die Leichtigkeit der Eingangsschilderung wird durch die Melancholie der Schlusssequenz ergänzt und zugleich relativiert. Unausgesprochen bleiben die Konnotationen: Das blonde Haar des Bruders ist ein charakteristisches Merkmal seines äußeren Erscheinungsbildes, das auf fatale Weise dem Rasseideal der NS-Ideologen entsprach und den jungen Mann vielleicht schon aus diesem Grunde für deren Einflüsterungen empfänglich machte.

Kontrastierungen

»Sinnerweiterungen« ganz anderer Art können sich durch bewusst gesetzte Kontrastierungen zwischen aufeinanderfolgenden Textblöcken ergeben. Einem Abschnitt mit harmlosen Erinnerungen an Lieblingsspeisen wird eine Texteinheit entgegengesetzt, die den Bruder unmissverständlich als Täter zeigt (33); und der Beschreibung des hübschen Gesichts einer Filmschauspielerin, deren Foto sich unter den postum zugesendeten Habseligkeiten des Verstorbenen befindet, lässt der Autor unmittelbar einen Brief an die Mutter folgen, in dem der Bruder seine schwere Verwundung mitteilt (28 f.).

Wenn Uwe Timm darauf verzichtet, seine Familiengeschichte in einer durchgängigen, womöglich chronologisch angelegten Erzählung zu präsentieren, dann geschieht dies höchst absichtsvoll: Durch das Zusammenführen heterogener Textteile werden neue Kontexte und Konnotationen geschaffen, deren Entdeckung und Nachvollzug einen aktiven und mündigen Leser verlangen. Zugleich wird dieser Leser durch die Technik des sich-selbst-unterbrechenden Erzählens bewusst auf Distanz gehalten: Er läuft nicht Gefahr, vorschnell Partei zu ergreifen oder sich unreflektiert mit dem Ich-Erzähler zu identifizieren. Durch das Implantieren von historischen Quellen, aber auch durch die Abbildung eines (simulierten) Erinnerungsvorgangs, der von Reflexionen und Assoziationen, von memorierten Bildern, Träumen und Gesprächsfragmenten geprägt ist, erhält der Text zudem ein hohes Maß an Authentizität.

Schaffung neuer Kontexte

Wahrung der Distanz

Authentizität

5. Wort- und Sacherläuterungen

Vorbemerkung

Timms Erzählung ist ein überaus anspielungsreicher Text. Nachfolgend kann nur eine Auswahl von Textstellen erläutert werden. Die Anmerkungen konzentrieren sich auf schwer verständliche Begriffe und Fachtermini sowie auf Personen und historische Fakten und Zusammenhänge. Sie sollen das unmittelbare Textverständnis erleichtern.

Das dem Text vorangestellte Motto ist dem Gedicht *To Mark Anthony in Heaven* von William Carlos Williams (1883–1963) entnommen (Vers 18 f.).

8,4 ***Panzerbüchsenschuß*:** Panzerbüchsen sind großkalibrige Gewehre, die panzerbrechende Geschosse verschießen.

9,4 f. ***SS-Totenkopfdivision*:** Einheit der SS (Schutzstaffel), seit 1933 u. a. für die Bewachung der Konzentrationslager eingesetzt.

9,10 f. **Geschichte von Ritter Blaubart:** auf einer französischen Vorlage basierendes Märchen aus den *Kinder- und Hausmärchen* der Brüder Grimm.

15,10 ***Rollbahnbeschuß*:** »Rollbahn« bezeichnet den Rollweg zwischen den Start- und Landebahnen eines Flugplatzes.

16,2 ***Iwans*:** jargonhaft-abfällig: die Russen.

16,6 **Charkow:** im Zweiten Weltkrieg heftig umkämpfte Stadt in der Ukraine. In der Zeit vom 14. bis 17. März 1943 (während K.-H. Timms Aufenthalt) kam es dort zu schweren Übergriffen deutscher Soldaten, u. a. zu Massenerschießungen von verwundeten Rotarmisten in einem Krankenhaus.

16,24 ***Brückenkopf*:** Stellung auf dem in Feindeshand befindlichen Ufer.

18,3 ***Pimpf*:** hier ugs.: kleiner Junge.

19,24 ***der SD*:** Sicherheitsdienst; Abwehr- und Nachrichtendienst der NSDAP.

19,24 f. ***Einsatzgruppen*:** mobile Sondereinheiten (»Mordkommandos«) des SD und der Sicherheitspolizei.

19,27 **Pimpf:** hier: Mitglied des Jungvolks, einer Jugendorganisation der Hitler-Jugend für Jungen zwischen 10 und 14 Jahren.

Hitler-Jugend: Jugendorganisation der NSDAP.

19,28 **Fangschnüre:** Achselbänder an der Uniform.

20,10 **demobilisierten:** »Demobilisation« ist die Rückführung eines Kriegsheeres auf den Friedensstand.

20,11 **Freikorps:** Nach dem Ersten Weltkrieg aus heimkehrenden Soldaten gebildete paramilitärische Einheiten.

20,11 f. **im Baltikum gegen die *Bolschewisten*:** Nach dem Ersten Weltkrieg waren deutsche Freikorps maßgeblich an der Befreiung des Baltikums von russischer Herrschaft beteiligt.

21,4 f. **Lustig ist das Soldatenleben, valleri, vallera:** Der Refrain entstammt dem Soldatenlied »Kein besser Leben ist auf dieser Welt zu denken«, das im Ersten Weltkrieg gesungen wurde.

21,20 **der Alte Fritz:** Friedrich II., 1740–86 König von Preußen.

21,22 f. **Seydlitz … Roßbach:** Generalmajor Friedrich Wilhelm von Seydlitz; entschied im Siebenjährigen Krieg den preußischen Sieg bei Roßbach (5. November 1757).

21,24 f. **Leiche Karls des XII. von Schweden:** König Karl

(reg. 1697–1718) wurde bei der Belagerung von Frederikshald 1718 tödlich getroffen.

24,12 **des Kreisleiters:** hauptamtlicher Mitarbeiter der NSDAP, verantwortlich für die politische und weltanschauliche Ausrichtung in seinem Kreis.

24,24 ***der Sachs*:** verkürzend für: Angelsachse (Engländer).

25,8 **Charkow:** s. Anm. zu 16,6.

25,19–26,14 **Brief ... General Heinrici ... *lassen*:** s. Lektüretipps, Johannes Hürter.

27,1 **Fähnleinführer:** »Fähnlein« war eine Organisationseinheit der Hitler-Jugend.

28,22 ***Der große Schatten*:** dt. Spielfilm, uraufgeführt 25. September 1942.

30,22 **Spökenkiekerei:** (mundartl.) »Spökenkieker« kann mit »Spuk-Gucker« oder »Geister-Seher« übersetzt werden.

31,11 ***E.K. II*:** Eisernes Kreuz zweiter Klasse (Kriegsauszeichnung, die in verschiedenen Klassen verliehen wurde).

31,21 **Versalien:** Großbuchstaben.

32,16 **Axolotl:** in Mexiko lebender Querzahnmolch.

33,21 **Heinrich Himmler:** einflussreicher NS-Funktionär, Reichsführer SS, hauptverantwortlich für den Holocaust.

33,21 f. **Ansprache an Männer der Waffen-SS ... 13. Juli 1941:** s. Lektüretipps, Bradley/Peterson.

34,16 ***Ffo.*:** vermutlich: Frankfurt an der Oder.

34,22 f. ***Mindestens 80 % von Hamburg ... Asche*:** Bei den Luftangriffen auf Hamburg, Juli/August 1943, kamen 40 000 Menschen ums Leben. Zum Umfang der Zerstörungen s. Jörg Friedrich, *Der Brand*, München 2002, S. 192–195.

34,29 ***der Tommy*:** (Landserdeutsch) Engländer, englischer Soldat; hier: die britische Luftwaffe.

34,29–35,1 **Phosphor:** Brandbombe, die ein Gemisch aus Phosphor und Kautschuk enthält.

36,24 f. **Lastrupsweg:** Straße im Hamburger Stadtteil Eimsbüttel, korrekt »Lastropsweg«.

38,12 **Gasschleuse:** Vorrichtung mit zwei Türen, von denen im Fall eines Gasalarms immer nur eine geöffnet werden darf.

39,29–40,1 **Nutriamänteln:** Nutria: südamerikanisches Pelztier.

40,24 **Geschützprotzen:** »Protze« ist ein einachsiger Karren, der zum Transport eines Geschützes mit der Lafette verbunden wird.

41,9 **Freikorps:** s. Anm. zu 20,11.

41,17 **Organisation Consul:** s. Kap. 3, S. 18.

41,20 **Novemberverräter:** bezieht sich auf die Novemberrevolution 1918; Schimpfwort Hitlers für die SPD-Regierung und die Unterzeichner des Versailler Vertrages.
Dolchstoß: Verschwörungstheorie, die die Schuld an der deutschen Niederlage im Ersten Weltkrieg vor allem auf die Sozialdemokraten abwälzen sollte.
Systemzeit: in der NS-Zeit Bezeichnung für die Jahre 1918–33.

41,21 **Organisation Consul ... Femegruppe:** s. Kap. 3, S. 18.

41,30 **Rittmeister:** Hauptmann bei der Kavallerie.

46,23 f. **Kopenhagener:** Gebäck.

51,5 **Schahbildnis:** Schah (pers.): König, Herrscher.

57,8 **Freikorps:** s. Anm. zu 20,11.

57,11 ***Semper talis*:** (lat., wörtl.: »immer von dieser Art«) bis 1918 Wahlspruch des I. Bataillons des 1. Garde-Regiments zu Fuß.

57,21 **Ordensburgen:** im Mittelalter: Burgen des Deut-

schen Ordens; danach benannt: die Parteischulungsstätten für die NS-Elite.
Thingspiele: Thing (nord.): Volksversammlung.
Ostsiedlung: Ausdehnung des Reiches nach Osten (im Mittelalter durch den Deutschen Orden); Begriff aus der Lebensraum-Ideologie des NS-Regimes.

57,22 **Umvolkung:** im NS-Jargon die geplante Veränderung der »rassischen« Zusammensetzung bestimmter Völker, bes. der Polen und Tschechen.

57,28 **Das Schwarze Korps:** eigtl. Titel einer Kampfzeitung der SS; hier ist offenbar die SS selbst gemeint (schwarze Uniform).

58,9 **Hölderlin:** Johann Christian Friedrich Hölderlin (1770–1843). Die Beschäftigung mit seinem Werk setzt ein hohes Maß an Bildung und sprachlicher Sensibilität voraus; vom NS-Regime ideologisch vereinnahmt.

58,12 **Schlucht von Babij Jar:** In der nahe Kiew gelegenen Schlucht wurde im September 1941 durch deutsches Militär ein Massenmord an der jüdischen Zivilbevölkerung verübt.

59,10 **reziproke:** wechsel- oder gegenseitig aufeinander bezogen.

59,18 f. **Jean Améry:** s. Lektüretipps.

59,23 **Heydrich:** Reinhard H., 1904–42, Sohn eines Musiklehrers, begabter Violinspieler; Spitzenfunktionär des NS-Regimes, maßgeblich beteiligt an Massendeportationen und Holocaust.

59,25–27 ***die Gedichtstrophe … Fahnen*:** Anspielung auf die zweite Strophe von Hölderlins *Hälfte des Lebens*, die, kontrastierend zur ersten, eine von Kälte und Disharmonie geprägte Welt beschreibt.

60,8 **Foto … Lee Miller … Dachau:** prominente US-amerikanische Fotojournalistin (1907–77); sie dokumentierte u. a. die Befreiung der Konzentrationslager Buchenwald und Dachau.

61,11 **Rommel. Der Wüstenfuchs:** Generalfeldmarschall Erwin Rommel (1891–1944), genannt »der Wüstenfuchs«, war der populärste General Hitlers; wurde von der NS-Propaganda zur mythischen Heldengestalt stilisiert.

63,13 **Gotischen:** ostgerm. Zweig der germanischen Sprachen.

63,16 f. **Thomas Mann ... BBC-Rede:** Rundfunkrede vom April 1942; darin wörtlich, bezogen auf die Zerstörung Lübecks: »Aber ich denke an Coventry und habe nichts einzuwenden gegen die Lehre, dass alles bezahlt werden muss.«

63,18 **Marlene Dietrich:** berühmte Schauspielerin (1901–1992), ging 1930 in die USA und beteiligte sich im Zweiten Weltkrieg an der Betreuung der US-Truppen in Europa.

63,22 **Carepaket:** Care (engl.: »Sorge«); Abk. für »Cooperative for American Remittances to Europe«, eine amerikanische Hilfsorganisation, die sich nach dem Zweiten Weltkrieg um die Minderung wirtschaftlicher Not in Europa bemühte.

63,23 **Oatmeal:** Haferflocken.

63,24 **Maple-Sirup:** Ahornsirup.

63,27 **ein roter Gummifleck:** Erkennungsmerkmal von Lloyd-Herrenschuhen.

64,30 **Schützenloch:** Erdaushebung zum Schutz von Soldaten.

65,12 **GIs:** amerikanische Soldaten; nach der Abk. für »government issue« (Staatseigentum), die auf den Uniformen der Soldaten zu lesen war.

65,27 **Kreisleiter:** s. Anm. zu 24,12.

66,4 f. **antiautoritären Bewegung der Studentenrevolte:** maßgeblich durch die Ermordung des Studenten Benno Ohnesorg (1967) ausgelöste Bewegung der 1960er Jahre.

67,29 **restaurativen:** rückwärtsgerichteten; auf die Wiederherstellung der alten Ordnung zielenden.

68,7 **Kollektivschuld:** Schlagwort der politischen Kontroversen nach 1945; umschreibt bzw. unterstellt die moralische Gesamtverantwortung der Deutschen für die Verbrechen der NS-Zeit.

68,32 **system-destabilisierend:** das System – hier das der DDR – untergrabend.

69,5 f. **vom Kapitalismus ideologisch infiltriert:** in den sozialistischen Ländern gebräuchlicher Ausdruck für Einflüsse aus westlichen, nichtsozialistischen Ländern.

71,9 **Fehfelle:** Felle des russ.-sibir. Eichhörnchens.

75,16 **deutschnationale DP:** eine am rechtskonservativen Rand des politischen Spektrums angesiedelte Partei, 1949–60 an der Bundesregierung beteiligt.

79,11 **Wechseln:** besondere Form von Schuldscheinen.

79,19 **Prolongieren:** das Verlängern der Zahlungsfrist.

81,6 **Naphthalin:** aromatischer Kohlenwasserstoff, der als Mottenvernichtungs- und Desinfektionsmittel dient.

82,20 **Ritter v. Schleich:** Eduard-Maria Ritter von Schleich (1888–1947), deutscher Jagdflieger im Ersten Weltkrieg.

82,21 **Stukas:** Sturzkampfflugzeuge.

84,3 **Reparationsgut:** Wiedergutmachungsleistung.

85,9 ***Jacobs*:** das Hamburger Luxus-Hotel »Louis C. Jacob«.

86,8 **Rommel:** s. Anm. zu 61,11.

86,23 **Hemingway:** Ernest H., US-amerikanischer Schriftsteller, 1954 Nobelpreisträger für Literatur.

87,4 f. **in dem Milch und Honig flossen:** bibl. für »das gelobte Land«.

87,7 **Carepaket:** s. Anm. zu 63,22.

89,28 ***der Sachs*:** s. Anm. zu 24,24.

90,9 **Jungvolk:** s. Anm. zu 19,27.

90,12 **Arbeitsdienst:** Reichsarbeitsdienst, NS-Organisation, die jeden jungen Mann zu einem sechsmonatigen, dem Wehrdienst vorgelagerten Arbeitseinsatz verpflichtete.

90,24 ***Arivorbereitung*:** Ari: Abk. für Artillerie.

92,8 **Rückeroberung Charkows:** s. Anm. zu 16,6.

92,21 ***D-Werfer*:** Waffe, vermutlich bestimmter Typ eines Granatwerfers.

92,25 ***Tiger*:** erster schwerer deutscher Kampfpanzer, der im Zweiten Weltkrieg zum Einsatz kam.

93,17 ***Panzer Di Komp.*:** Panzerdivisionskompanie.

94,16–18 **Galland ...** ***Die Ersten ... Weltkrieg*:** gedruckt: Darmstadt 1953.

94,18 f. **Guderian:** ***Erinnerungen ... Soldaten*:** gedruckt: Heidelberg 1951.

94,19 f. **Generalfeldmarschall v. Manstein:** Erich v. M., 1887–1973, gilt manchen Experten als bedeutendster Heerführer des Zweiten Weltkriegs. Nach Auseinandersetzungen mit Hitler über die Kriegsführung im Osten wurde v. M. im März 1944 als Befehlshaber der Heeresgruppe Süd abgesetzt. Nach Abbüßung einer durch britische Richter verhängten Haftstrafe (1949–53) wurde er militärischer Berater der Bundesregierung.

96,2 **Generalfeldmarschall Keitels:** Wilhelm Keitel, 1882–1946. 1938–45 Chef des Oberkommandos der Wehrmacht. Den Spitznamen »Lakeitel« brachte ihm seine Willfährigkeit gegenüber Hitler ein.

96,19 *Gefrierfleischorden*: (Landserjargon) Ehrenzeichen für die Teilnahme am Russlandfeldzug 1941/42.
Hitlersäge: (Landserjargon) Maschinengewehr MG 42, im Jahr 1942 bei der deutschen Wehrmacht eingeführt.

96,19 f. *Heimatschuß*: (Landserjargon) leichtere Verwundung, die aber die Rückkehr in die Heimat zur Folge hat.

96,24 **Landser-Hefte:** Trivialliteratur, die Kriegserlebnisse verharmlosend oder idealisierend darstellt.

96,32 *Hafthohlladungen*: panzerbrechende Handgranate (»Panzer-Knacker«).

97,28 *Untermenschen*: im NS-Sprachgebrauch insbes. verwendet für Juden und Angehörige der slawischen Völker.

97,29 *Endlösung der Judenfrage*: NS-Sprachgebrauch; bezeichnet bis Ende 1940 die staatlich organisierte Vertreibung oder Zwangsumsiedelung, ab August 1941 fast immer die systematische Vernichtung möglichst aller Juden im deutschen Machtbereich, den Holocaust (1941–1945).

98,3–5 **SS ... RuSHA:** NS-Organisationen: Schutzstaffel, Sicherheitsdienst, Sturmabteilung, Reichsführer SS, Oberbefehlshaber des Heeres (meist abgek. OBdH), Rasse- und Siedlungshauptamt.

100,7 f. **Christopher R. Browning ...** ***Ganz normale Männer*****:** s. Lektüretipps.

101,4–11 **Armeebefehl ... v. Manstein ...** ***eingreifen*****:** s. Anm. zu 94,19 f. – Der Befehl ist wiedergegeben in: Akten der Nürnberger Kriegsverbrecherprozesse, deutsche Ausgabe, 42 Bde., Nürnberg 1947–49, Bd. 20, S. 698 (Dok. 4064-PS).

101,29 *Pist.*: *1,08:* gemeint ist vermutlich: eine 08, d. h. eine Pistole 08 (Luger-Pistole).

102,9 **Primo Levi:** s. Lektüretipps.

106,2 f. *arisierter* **Betriebe:** enteignete Geschäfte aus ehemals jüdischem Besitz.

109,3 **Chippendalesessel:** Thomas Chippendale (1718–79), engl. Kunsttischler.

114,31 **tüttelig:** (norddt.) altersschwach, debil.

122,7 **Schlucht von Babij Jar:** s. Anm. zu 58,12.

124,14 **Datscha:** Ferien- oder Sommerhaus.

126,28 **Stoi:** (russ.) Halt!

128,8 f. **Generalfeldmarschall Keitel:** s. Anm. zu 96,2.

128,27 f. **Ich bin der Graf von Luxemburg:** Anspielung auf Franz Lehárs Operette *Der Graf von Luxemburg* (1909).

130,28 f. **Rommel in Afrika:** s. Anm. zu 61,11.

134,1 *Adler*: Produkt der Adlerwerke, die bis in die Zeit des Zweiten Weltkriegs PKWs produzierten.

135,9 **Zupfgeigenhansel:** *Zupfgeigenhansl*, erstmals 1909 erschienenes Wandervogel-Liederbuch.

136,12 **Babij Jar:** s. Anm. zu 58,12.

137,16 f. **Browning ...** ***normalen Männer***: s. Lektüretipps.

138,9 **Novizen:** »Noviziat« ist die Probezeit im Kloster.

142,1–10 **Befehl ... Reichenau ...** ***Verständnis haben***: Walter von R., 1884–1942, seit Juni 1941 Oberbefehlshaber der 6. Armee. Der zitierte Befehl Reichenaus ist wiedergegeben in: Akten der Nürnberger Kriegsverbrecherprozesse, deutsche Ausgabe, 42 Bde., Nürnberg 1947–49, Bd. 4, S. 510 (Dok. D-411).

142,17 f. ***Die Wehrmacht*** **von Wolfram Wette:** s. Lektüretipps.

143,1–6 ***Es kommt ...*** **Søren Kierkegaard:** Das Zitat entstammt *Entweder – Oder* (1843), dem berühmtesten Werk des dänischen Philosophen.

143,9 f. **abermals Primo Levi, Jorge Semprun, Jean Amé-**

ry, Imre Kertész: Bei den genannten Personen handelt es sich um Opfer der NS-Diktatur, die über ihre Erfahrungen und Leiden geschrieben haben. Zu Améry und Levi s. Lektüretipps.

143,10 f. **Brownings *Ganz normale Männer*:** s. Lektüretipps.

144,3 **Stalagmiten:** auf dem Boden aufwachsende Tropfsteine.

145,16 ***Kopfnüssen*:** Schläge mit den Fingerknöcheln auf den Kopf.

145,17 ***ABC-Schütze*:** scherzhaft für: Erstklässler.

146,4 f. **Angriffskriege Friedrichs des Großen:** s. Anm. zu 21,20. Angespielt wird auf die von Friedrich II. geführten Schlesischen Kriege (1740–42), die die Annexion Schlesiens zur Folge hatten, und den Siebenjährigen Krieg (1756–63), in dessen Folge Preußen zur europäischen Großmacht erstarkte.

146,5–7 **durch Bismarck initiierten Einigungskriege … deutsch-französische:** die zwischen 1864 und 1871 geführten Kriege, die zur Entstehung des Deutschen Reiches unter der Führung Preußens geführt haben.

146,10 **Lenin:** eigtl. Wladimir Iljitsch Uljanow (1870–1924), führender Kopf der Oktoberrevolution 1917 in Russland; er gilt als einer der Schöpfer des wissenschaftlichen Sozialismus, auf dessen Terminologie nachfolgend angespielt wird.

146,21–25 **Genossen … verboten:** Nachdem schon 1950 Kommunisten aus dem öffentlichen Dienst entlassen worden waren (sog. Adenauer-Erlass), erfolgte, nach weiteren Maßnahmen, 1956 ein Verbot der KPD.

147,6 f. **Non servo:** (lat.) Ich diene nicht.

148,1 f. **antisemitischen:** judenfeindlichen.

148,2 **Stereotypen:** feste Vorstellungsklischees.

148,30 **General Nogi:** Nogi Maresuke (1849–1912), General in der Kaiserlichen Armee Japans. Als seine größte militärische Leistung gilt die Einnahme von Port Arthur im Russisch-Japanischen Krieg (1904/05), in dem zwei seiner Söhne fielen.

149,6 ***Proleten*:** Schimpfwort, abgeleitet von »Proletarier«, Angehöriger der Arbeiterklasse.

149,9f. **Ernst Jüngers *In Stahlgewittern*:** Der im Ersten Weltkrieg spielende, 1920 erschienene Roman von E. J. (1895–1998) zog aufgrund seiner Stilisierung und Ästhetisierung des Krieges heftige Kritik auf sich.

149,14 **Nihilismus:** (zu lat. *nihil*: »nichts«) Überzeugung von der Nichtigkeit alles Bestehenden, einhergehend mit einer bedingungslosen Verneinung aller Normen, Werte und Ziele.

transzendieren: Bewusstseinsgrenzen und das Diesseits überschreiten.

149,16 **die Todesfabriken:** die von den Nationalsozialisten eingerichteten Vernichtungslager (KZs).

150,8 **Browning … *Ganz normale Männer*:** s. Lektüretipps.

150,12 **Kameradschaftsverbände der SS:** Zusammenschlüsse ehemaliger Mitglieder der SS in der Bundesrepublik.

150,26 **Kopfstimme:** hohe Lage der Männerstimme.

153,20f. **Braunschweig-Kolleg:** Institut zur Erlangung der Hochschulreife auf dem sog. zweiten Bildungsweg.

155,2f. **Lakonie:** Kürze des Ausdrucks.

6. Interpretation

Die eine und die andere Geschichte

Wenn Uwe Timm von seinem Bruder erzählen will, so muss er in gewisser Hinsicht zwei Geschichten erzählen.

Die eine Geschichte

Ein junger Mann wird schwer verletzt. Eine ganze Nacht vergeht, bevor er ärztlich versorgt werden kann. Dann ist es zu spät: Beide Beine müssen amputiert werden. Unter Morphium schreibt er noch einmal nach Hause: »*tröste die Mutti es geht alles vorbei*«, und schließt mit seinem kindlichen Kosenamen: »*Dein Kurdel*« (8). Sechzehn Tage später ist er tot – und wird, weit entfernt von Freunden und Familie, begraben. Ein typisches Soldatenschicksal, das Millionen von Männern im Zweiten Weltkrieg ereilte, das Familien zerriss.

Die andere Geschichte

An einem kalten Dezembertag im Jahre 1942 macht sich ein junger Mann auf den Weg, um sich freiwillig einer der verbrecherischsten Organisationen des 20. Jahrhunderts anzudienen. »*Idealismus*« und das Gefühl, »*nicht zurückstehen*« (19) zu wollen, treiben ihn an. Der erste Versuch misslingt, erst beim zweiten erreicht er sein Ziel und wird »Panzerpionier in der *SS-Totenkopfdivision*« (12). Damit gehört er der Waffen-SS an, Hitlers Elitetruppe, die maßgeblich für die Verfolgung und Ermordung der jüdischen Bevölkerung verantwortlich war. Er kämpft an der Ostfront und identifiziert sich, nicht ohne Stolz, mit seinem tödlichen »Handwerk« (»*ich kann die Spritze kaum halten, paar Treffer*«; 16).

Der junge Mann, von dem hier erzählt wird, hat einen Namen. Er heißt Karl-Heinz, wird 1924 in Hamburg geboren und ist der um sechzehn Jahre ältere Bruder des Autors Uwe Timm.

Über die Schwierigkeit und Notwendigkeit, dieses Buch zu schreiben

Frühere Schreibversuche

»Der Bruder und ich« (10; 18). – Mehr als ein halbes Jahrhundert muss vergehen, bevor der Autor diese beiden Geschichten erzählen kann, die letztlich nur die zwei Seiten derselben Geschichte sind. »Mehrmals habe ich den Versuch gemacht, über den Bruder zu schreiben. Aber es blieb jedesmal bei dem Versuch« (8).

Rücksicht auf die Familie

Welche Gründe halten ihn ab? – Da ist zum einen die Gewissheit, auf seine Familie Rücksicht nehmen zu müssen (vgl. 9 f.). Timm weiß, dass das Schicksal seines Bruders eng verwoben ist mit der Geschichte seiner Familie und dass das eine von dem anderen nicht getrennt werden kann. Eine verschlüsselte Darstellung innerfamiliärer Begebenheiten, die er z. B. in fiktionalen Erzählwerken wie *Kerbels Flucht* und *Heißer Sommer* praktiziert, ist in diesem Fall ausgeschlossen. Wenn Timm dieses Buch schreiben will, muss er authentisch bleiben, darf nicht ausweichen.

Ein weiterer Grund für die Aufschiebung des Projekts mag in der Schwierigkeit gelegen haben, die beiden zuvor skizzierten Geschichten zusammenzubringen. Zu viele Widersprüche sind darin enthalten, zu viel Unlösbares ist

Widersprüche

darin verborgen. Der Autor ahnt, dass er mehr Fragen als Antworten finden wird, sein Unternehmen also von vornherein, in gewisser Hinsicht, zum Scheitern verurteilt ist.

Der wohl gewichtigste Grund für Timms Zögern liegt jedoch in den emotionalen Hindernissen, die zu überwinden ihn große Anstrengung kostet. Im Text verwendet wird dafür ein Bild aus der »Geschichte vom Ritter Blaubart« (9), einem Stoff mit reicher literarischer Tradition, den Timm in der Fassung der Brüder Grimm als Kind kennengelernt hat. Den Handlungshöhepunkt der grimmschen Version zitiert er wörtlich (vgl. 9): Hinter einer verbotenen Tür befindet sich ein Hort unvorstellbarer Grausamkeiten. Der Anblick ist so furchtbar, dass der Betrachter davon nie mehr loskommen kann (in der Bildlichkeit des Märchens steht dafür das vergebliche Abwaschen des Blutes). Das heißt für Timm: Will er sich der von schmerzhaften Widersprüchen geprägten Geschichte seiner Familie und seiner eigenen Biographie stellen, muss er gewissermaßen die Tür zu Blaubarts Schreckenskammer aufstoßen, auch wenn der sich ihm dann bietende Anblick vielleicht schwer zu ertragen ist.

Emotionale Hindernisse

Was ihn hinter dieser Tür erwartet, deutet der Bruder im letzten Eintrag seines Kriegstagebuchs an: »*Hiermit schließe ich mein Tagebuch, da ich für unsinnig halte, über so grausame Dinge wie sie manchmal geschehen, Buch zu führen.*« Timm zitiert diesen Eintrag bezeichnenderweise gleich drei Mal (120, 147, 155). Welcher Art die Erlebnisse waren, die zu diesem Schlusssatz führten, bleibt offen. Vermuten kann man, dass der Bruder in den wenigen Monaten seines

»grausame Dinge«

Fronteinsatzes Zeuge brutaler und grässlicher Vorgänge geworden ist, wie sie sich z. B. in der Stadt Charkow (vgl. 16) zugetragen haben. Ob und inwieweit er selbst, womöglich fühllos geworden durch die rassenideologischen Infiltrationen der Nationalsozialisten, daran aktiv beteiligt war, bleibt gleichfalls unbeantwortet.

Authentische Berichte

Während Timm an diesem Buch schreibt, liest er »wieder und wieder« die Aufzeichnungen des Bruders, aber auch authentische Berichte von Opfern des NS-Regimes (Levi, Kertész u. a.). Darüber hinaus beschäftigt sich der Autor mit den Tätern, zu denen auch der Bruder gehört haben könnte. Er stößt dabei auf Christopher Brownings aufsehenerregende Studie, in der minutiös nachvollzogen wird, wie aus den »ganz normalen Männern« eines in Polen stationierten Polizeibataillons Mörder auf Befehl werden. Timm erkennt die starke Affinität, die Brownings Thesen und Ergebnisse zu seinem Schreibprojekt aufweisen. Die Lektüre über Opfer und Täter wirkt verstörend: Timm erkrankt an einem schmerzhaften Augenleiden, dessen psychosomatische Dimension ihm selbst bewusst ist (vgl. 143). Die krankheitsbedingten Tränen werden von ihm umgedeutet zu einer sich in Weinen äußernden Trauerreaktion: »ich […] weine, als müßte ich all die unterdrückten Tränen nachweinen auch über das Nichtwissen, das Nichtwissenwollen, der Mutter, des Vaters, des Bruders« (143). Das Märchenbild aus der Blaubart-Geschichte erfährt hier eine Konkretisierung: Wer sich dem Anblick aussetzt und es wagt, der historischen Wahrheit ins Gesicht zu sehen, muss den damit verbundenen Schmerz aushalten. Genau dazu aber – so Timms Vorwurf – war die Elterngeneration nicht bereit.

Augenleiden

Die Träume

Nicht erst seit Sigmund Freud und C. G. Jung kommt dem Traum und seiner Interpretation eine große Bedeutung zu. Wer Träume erzählt, aufschreibt und deutet, versucht, sich den in ihnen verborgenen Wahrheiten anzunähern. Träume können zudem Auskunft darüber geben, auf welche Weise der Träumende reale Erlebnisse und Erfahrungen in seinem Unterbewussten verarbeitet. Auch im Werk Uwe Timms spielen Träume eine wichtige Rolle. *Am Beispiel meines Bruders* enthält insgesamt sieben Traumsequenzen (10, 30, 121, 137, 144, 150, 153), die überwiegend in das letzte Drittel des Textes integriert sind. Sechs von ihnen thematisieren die schwierigen und komplexen Beziehungen des Ich-Erzählers zu den männlichen Mitgliedern seiner Familie: In dreien begegnet er seinem toten Bruder (10, 121, 137), in drei weiteren dem Vater (144, 150, 153). Die siebte Sequenz ist einem Angsttraum gewidmet, von dem die Mutter in der Nacht der Verwundung ihres Sohnes heimgesucht wird (vgl. 30). Es liegt nahe, das Traumbild als eine durch Telepathie zustande kommende Kontaktaufnahme zwischen Mutter und Sohn zu deuten und somit als ein rational nicht zu erklärendes Phänomen. Was Timm hier beschreibt, ist durchaus kein singulärer Vorgang. In vielen Familien werden Geschichten tradiert, die sich um telepathische Erlebnisse ranken und den engen emotionalen Zusammenhalt zwischen Familienmitgliedern dokumentieren. Auslöser ist häufig die existentielle Bedrohung eines nahen Angehörigen.

Sieben Traumsequenzen

Angsttraum der Mutter

In den Tagebuchaufzeichnungen seines Bruders sucht der Autor nach Hinweisen auf Geträumtes. Ihr Fehlen konstatiert er fast mit Befremden (vgl. 28); auch der Vater wird in Uwe Timms Darstellung an keiner Stelle als Träumender sichtbar.

»Hin und wieder träume ich vom Bruder« (10). – Einer der Bruderträume des Ich-Erzählers ist an den Anfang (10), ein anderer wenige Seiten vor Ende des Buchs platziert (137). Diese Träume stehen also an sehr exponierter Stelle und haben überdies eine Art rahmende Funktion. Der Versuch, ihre Bildlichkeit zu entschlüsseln, lenkt den Blick auf entscheidende Facetten der Beziehung des Ich-Erzählers zu seinem Bruder.

Bruderträume

Die moderne Psychologie bzw. Psychotherapie geht davon aus, dass Träume den Zustand unserer emotionalen Beziehungen zu anderen Menschen besonders authentisch und sensibel abbilden. Sie verweisen uns auf das, was wir ›schlecht im Griff haben‹, also auf das Abgelehnte und Verleugnete.[9]

Vor diesem Hintergrund kann eine Deutung des ersten Traums (10) versucht werden. Die Traumsituation ist insgesamt äußerst bedrohlich. Geschildert wird, wie sich die dunkle Gestalt des Bruders gewaltsam Zugang zur Wohnung verschaffen will. Dagegen wehrt sich der Ich-Erzähler »mit aller Kraft« und hat schließlich Erfolg. Der Bruder wird abgedrängt, die Tür verschlossen. Aber der Sieg ist nur ein scheinbarer: Die »rauhe, zerfetzte Jacke«, die der Ich-Erzähler zuletzt in Händen hält, zeugt von der Unmöglichkeit, den Bruder aus seinem Leben auszusperren und somit die Anwesenheit des Abwesenden (vgl. 8) zu leugnen. Bezeichnend ist zudem, dass der Bruder »kein Gesicht hat«. Dies mag darauf verweisen, dass insbesondere die mora-

Deutung des ersten Traums

lische Identität des Bruders (und erst recht seine Integrität) ein bedrückendes Geheimnis bleiben muss.

Nähe zum Blaubart-Zitat

Dieser erste Traum ist in unmittelbare Nähe zu dem Märchenzitat aus *Ritter Blaubart* (vgl. 9) positioniert. Dieses Arrangement macht die Relationen zwischen den Passagen besonders augenfällig. Das hinter der Tür Verborgene löst in beiden Textabschnitten panische Angst aus. Die Tür zwischen den Bereichen, im Märchen (zunächst) mutig aufgeschlossen, wird im Traum verriegelt. Beide Handlungen führen trotz ihrer Gegensätzlichkeit zu einer ähnlichen Erkenntnis: Das, was hinter der Tür ist, lässt sich nicht leugnen, ganz gleich ob man es an sich heranlässt oder nicht. Als sichtbares Zeichen dafür steht, dass in beiden Fällen etwas zurückbleibt. Im Märchen ist es das nicht abwaschbare Blut, im Traum die zerfetzte Jacke. Der Zustand des (militärischen?) Kleidungsstücks deutet zudem ganz offensichtlich auf die körperliche Versehrtheit des Bruders und dessen schreckliches Sterben. Nahe liegt auch, dass die Beschädigung der Jacke signalisiert, weshalb der Autor der ehrlichen Auseinandersetzung mit der Person des Bruders jahrzehntelang ausgewichen ist. Sich dem Bruder zu stellen und über ihn ohne Schönfärberei zu schreiben, erfordert Mut – den Mut, eine Beschädigung vornehmen und hinnehmen zu müssen. In Zweifel gezogen werden könnte das liebgewordene Andenken an den Bruder und damit dessen nie hinterfragte reine Opferrolle.

Etwas bleibt zurück

Der dritte Brudertraum

Der letzte der drei Bruderträume (vgl. 137) ist komplexer als der erste und deshalb schwieriger zu deuten. Auffällig ist das Vorherrschen von Hell-Dunkel-Kontrasten, die

die Szene bestimmen. Der Bruder, der von mehreren nicht zu identifizierenden Personen umgeben ist, fordert den Ich-Erzähler auf, »etwas für ihn zu singen«, und wirft ihm dann »plötzlich« eine Birne zu. Wie im ersten Traum ist der Bruder also der Handelnde, der den Ich-Erzähler herausfordert und zu Reaktionen zwingt. Anders als dort sind diese Handlungen jedoch nicht von Aggression geprägt und somit kaum bedrohlich. Trotzdem endet auch diese Begegnung mit Erschrecken und einer kaum zu entschlüsselnden Rätselhaftigkeit, die in dem Kompositum »Doldenhilfe« ihren Ausdruck findet. Die Teile dieses Kompositums sind für sich genommen verständlich: Das Substantiv »Dolde« ist der Botanik entlehnt und bezeichnet den an einem Punkt oberhalb des Stammes mehrfach verzweigten Blütenstand. Der zweite Teil des Wortes bedarf keiner Erläuterung. Erst durch die Zusammensetzung ergibt sich also ein Verständnisproblem.

»Doldenhilfe«

Vermutlich thematisiert auch dieser Traum das innere Ringen des Autors um das Erzählprojekt. Die Hell-Dunkel-Kontraste zeugen von der Schwierigkeit, die bislang vermiedene Aufklärungsarbeit zu leisten und im wahrsten Sinne des Wortes Licht ins Dunkel zu bringen. In diesem Kontext liest sich die Aufforderung zum Singen (als Synonym für Schreiben) wie eine Legitimierung des Vorhabens durch die Person des Bruders. Allerdings sind bei dem Versuch, seiner Aufforderung Folge zu leisten, Erfolg und Misserfolg unlösbar miteinander verbunden: Was erfolgversprechend beginnt (»Bin selbst überrascht, wie gut, ja melodisch es mir gelingt«), mündet in ein Bild doppelten Scheiterns: Die nonverbale Kommunikation (das Zuwerfen der Birne) misslingt ebenso wie die verbale, die sich in einem hermetisch anmutenden Wort erschöpft: »Doldenhilfe«. Die Traumsituation bleibt letztlich ›unbegreiflich‹.

Zur Funktion der Kursivierungen

> »Gerade daß wir nicht außerhalb der Sprache sein können, macht ihre identitätsbildende Funktion aus. Wir sind in der Sprache und durch sie identisch mit uns. Eine Identität, die wir mit den anderen teilen, die auch in dieser Sprache sind. [...] Die sprachliche Identitätsbildung findet sich übrigens auch [...] in Freundschaften, Familien.«
> (Timm, *Erzählen und kein Ende*, S. 46 und 49)

Verschiedene Funktionen

Kennzeichnend für das Druckbild der Erzählung *Am Beispiel meines Bruders* ist – neben der Gliederung in auffällig viele Kurzabschnitte – die häufige Verwendung von Kursivierungen. Bei diesen sind verschiedene Funktionen zu unterscheiden.

Fremdtext

a) Kursivierung dient der Kennzeichnung von aus Druckwerken und Dokumenten entnommenem Fremdtext/Zitat. Diese vornehmlich aus wissenschaftlichen Publikationen bekannte Methode muss hier nicht näher erläutert werden.

Sprachformeln

b) Kursivierung markiert »vorgeprägte Sprachformeln«,[10] die traumatisches Erleben »handlich« und somit erträglich machen. In einem Interview, das er der *taz* kurz nach Erscheinen des Buchs gegeben hat, spricht Timm, auch hinsichtlich der Verwendung solcher Formeln, von »Erzählungen«, die »im Lauf der Jahre zu einer wohlfeilen Unterhaltung« werden, obwohl es »um Bombennächte, Vertreibung und Fronterlebnisse« geht; und er fügt hinzu: »Ich selbst wollte das vermeiden.«[11] Wenn Timm schablonenhafte Formulierungen wie *»Hamburg in Schutt und Asche. Die Stadt ein Flammenmeer. Der Feuersturm«* (39) oder *»den Jungen verloren und das Heim«* (87) in seinen Text aufnimmt, muss er sie also markieren. Zum einen macht er so die Passagen als Versatzstücke kenntlich, die dem familiären Diskurs entnommen sind. Zum andern kennzeichnet er sie als Fremdtext, weil er sich mit der verhüllenden oder beschönigenden Tendenz solcher klischeehafter Formeln nicht identifizieren will.

Distanzierung von Begriffen

c) Auch die Kursivierung einzelner Wörter im Fließtext weist darauf hin, dass sich der Autor ihrer nur unter Vorbehalt bedient. Durch die Kennzeichnung distanziert er sich von Begriffen und verweist auf deren Doppeldeutigkeit oder Fragwürdigkeit (»selbst *Opfer* geworden«; 87). Entsprechend verfährt er z. B., wenn es darum geht, die Sprache der Krankenhausbürokratie zu entlarven, eine Sprache, die Menschen verdinglicht und zum ausgelieferten, verfügbaren Gegenstand macht (»Die Mutter war *verlegt* worden«; sie wird anschließend *»rückverlegt«*; 112). Noch deutlicher wird diese Distanzierungsfunktion bei Wörtern aus dem zynischen Kriegsjargon (»es war nur der *normale* Kriegsalltag«; 98) und, auf andere Weise, bei der Verwendung von Begriffen aus dem Wortschatz des Nationalsozialismus (»die systematische Tötung – *die Ausrottung* – der Juden«; 95).

Der exemplarische Charakter des Textes

Schon der von Timm gewählte Titel weist unübersehbar darauf hin, dass das Schicksal seines Bruders für ihn exemplarischen Charakter trägt. »Am Beispiel« von Karl-Heinz stellt er dar, was zahllose junge Männer, kaum der Schule entwachsen, in diesen düsteren Zeiten erlebten und erlitten. Nicht anders verhält es sich mit den übrigen Personen des Buchs, die, wie im dritten Kapitel ausführlich dargestellt, bei aller Individualität gleichfalls exemplarisch das Erleben und die Denk- und Verhaltensmuster ihrer Generation verkörpern und verdeutlichen. Als alternativer Buchtitel wäre also durchaus denkbar: »Am Beispiel meiner Familie«.

7. Autor und Zeit

Am Beispiel meines Bruders liefert eine Fülle autobiographischer Details, die allerdings nicht chronologisch mitgeteilt werden. Deshalb wird nachfolgend versucht, Eckpunkte der Biographie Timms mit den im Buch mitgeteilten autobiographischen Details zu verknüpfen und alle Daten in eine chronologische Reihenfolge zu bringen. Dies soll eine bessere Orientierung beim Lesen gewährleisten.

1940 Geburt Uwe Timms in Hamburg (30. März).

1943 Heimaturlaub (Sommer), schwere Verwundung (19. September) und Tod (16. Oktober) des Bruders; Verlust des Elternhauses durch Ausbombung (25. Juli); Evakuierung mit der Mutter nach Coburg.

1945/46 Hamburg. Der Vater findet eine Pelznähmaschine und gründet ein Pelzmantelgeschäft.

1951 Die Schwester erhält die Nachricht, dass ihr Verlobter in russischer Kriegsgefangenschaft gestorben ist.

1954 Die Familie gerät in finanzielle Schwierigkeiten.

ca. **1956** erster Herzinfarkt des Vaters.

1958 Tod des Vaters (1. September). Uwe Timm, der wie sein Bruder eine Kürschnerlehre absolviert hat, übernimmt die Leitung des Geschäfts.

1961–63 Nachholen der Oberstufe und des Abiturs am Braunschweig-Kolleg, einem Gymnasium für Erwachsene. Hier begegnet Timm Benno Ohnesorg, dem er in *Der Freund und der Fremde* ein literarisches Denkmal setzt.

1966–71 Studium der Philosophie und Germanistik in Paris und München; Timm engagiert sich in dieser Zeit

(1967/68) im Sozialistischen Deutschen Studentenbund (SDS).

1971 Promotion, Dissertation über *Das Problem der Absurdität bei Camus*; es erscheint der Gedichtband *Widersprüche*.

1971/72 Mitbegründer der »Wortgruppe München«, Mitherausgeber der *Literarischen Hefte* und der *AutorenEdition* im Bertelsmann-Verlag (bis 1982).

1976 Reise der Mutter nach Russland.

1981 Auslandsaufenthalt als »writer in residence« an der Universität Warwick, Großbritannien.

1984 Die Mutter gibt das Pelzfachgeschäft auf.

1991 Tod der Mutter.

1991/92 Gastdozent an der Universität Paderborn; die hier gehaltenen poetologischen Vorlesungen werden 1993 unter dem Titel *Erzählen und kein Ende* veröffentlicht.

1999 Tod der Schwester Hanne Lore.

2001/02 Reise Uwe Timms in die Ukraine und Arbeit an *Am Beispiel meines Bruders*.

2002/03 Stadtschreiber von Bergen-Enkheim (Frankfurt a. M.). Timm gibt bei Antritt der Stelle an, er wolle in dieser Zeit an einer »eher autobiografischen Sache arbeiten, bei der es um seinen älteren Bruder« gehe. Lange habe er nicht gewagt, »dieses dunkle Zimmer« zu betreten.

2003 Veröffentlichung des Buchs *Am Beispiel meines Bruders*.

Uwe Timm ist Vater von vier Kindern und lebt mit seiner Frau, der Übersetzerin Dagmar Ploetz, in München und Berlin.

Einordnung des Werkes in das Gesamtwerk des Autors

Schon im Alter von zwölf Jahren schreibt Uwe Timm seinen ersten, immerhin mehr als 70 Seiten umfassenden Roman. Die Lust am Schreiben – so sieht es der Autor später – hatte zum einen ihren Ursprung in den Konflikten mit dem autoritären Vater; sie diente jedoch auch der Flucht aus massiven Schulproblemen, die besonders in den ersten Jahren auftraten. Eine weitere »Quelle« vermutet Timm in der Fabulierfreude seines Großvaters, eines ehemaligen Kapitäns. Faszinierend und prägend wirkte zudem das kollektive Erzählen in der Küche seiner Tante Grete, auf das der Autor in verschiedenen Werken anspielt.

Lust am Schreiben

In den 1960er Jahren setzt Timms eigentliches literarisches Schaffen ein. Er schreibt, der Studentenbewegung ideologisch nahestehend, zeitkritische Gedichte und ein politisches Theaterstück (1969). Mit seinen schriftstellerischen Versuchen verbunden ist die Hoffnung, gesellschaftliche Zustände durch Literatur zu verändern. Stimmung und Mentalität der späten 60er Jahre bilden auch den Hintergrund für den ersten autobiographisch geprägten Roman, der im studentischen Milieu angesiedelt ist und 1974 unter dem Titel *Heißer Sommer* erscheint. In diesem Werk finden sich deutliche Anspielungen auf das kleinbürgerliche Milieu, dem der Autor entstammt. Darüber hinaus enthält es die Keimzelle zu einem thematischen Komplex, der erst im Jahr 2005 in *Der Freund und der Fremde* literarisch aufgearbeitet wird: In

Zeitkritische Texte

Heißer Sommer

Der Freund und der Fremde

diesem Buch, das in seiner Erzählweise deutliche Parallelen zu *Am Beispiel meines Bruders* aufweist, reflektiert der Autor seine von Distanz und Nähe geprägte Beziehung zu dem Studenten Benno Ohnesorg, dessen Erschießung durch einen Polizisten (1967 bei einer Demonstration in Berlin) zu einem auslösenden Faktor der Studentenrevolte und der Außerparlamentarischen Opposition (APO) wurde.

Morenga

Erzähltechnisch neue Wege beschreitet Timm erstmals in dem 1978 erschienenen Afrika-Roman *Morenga*. Hier verknüpft er authentisches Material mit fiktiven Tagebucheintragungen und geht damit ein Experiment ein, das als wegweisend für das Ohnesorg-Buch wie auch für den *Bruder*-Text gelten kann. Thematisch vorbereitet wird *Am Beispiel meines Bruders* in Timms erstem autobiographischen Text V*ogel, friß die Feige nicht* (1989) und im siebten Kapitel des 1996 erschienenen Romans *Johannisnacht*, in dem eine Traumsequenz auf das erst sechs Jahre später realisierte Schreibprojekt vorausweist.

Johannisnacht

Im Erzählwerk Timms lassen sich einige Konstanten feststellen, die nicht nur die jüngeren Publikationen, sondern fast alle Einzelwerke prägen und zueinander in Beziehung setzen; besonders markant sind: das Aufspüren der großen Geschichte im Kleinen und Individuellen; die Auseinandersetzung mit der eigenen Biographie, die im Kontext kollektiven Erlebens wahrgenommen wird – und nicht zuletzt die elementare Freude am Erzählen, der Timm insbesondere in seiner überaus erfolgreichen Novelle *Die Entdeckung der Currywurst* (1993) ein Denkmal gesetzt hat. Das Buch ist postum dem Vater gewidmet.

Die Entdeckung der Currywurst

Uwe Timm (2008)

Einordnung des Werks in die Zeit seiner Entstehung

Abrechnung mit den Vätern

In den 1970er und 80er Jahren dominierte ein Typus der Erinnerungsliteratur, der im Zeichen der Konfrontation und Abrechnung mit der Vätergeneration stand. In den 90er Jahren kommt es dann zu einem Wechsel des literarischen Diskurses: Es etabliert sich nun in Form sogenannter »Familienromane« ein Genre, in dem sich die Autoren zwar nach wie vor der Frage stellen, inwieweit die eigenen Väter und Großväter in die Verhängnisse und Schandtaten der NS-Zeit involviert waren. Der Anklagegestus aber tritt zurück und vorrangig interessiert nun, wie diese Geschichtskatastrophe unterschwellig in den Familien fortlebt und auch die eigene Biographie mitbestimmt.[12] Mit *Am Beispiel meines Bruders* liefert Timm einen wichtigen Beitrag zu diesem literarischen Diskurs.

Rücknahme des Anklagegestus

Der Soziologe und Sozialpsychologe Harald Welzer beobachtet seit Jahren diese neue »Erinnerungskultur«. Dabei konstatiert er eine Tendenz zur Versöhnung bis hin zur Bereinigung von Schuld, die auch Gefahren in sich berge. Als ein Beispiel für diese Art von Literatur führt er Bernhard Schlinks Erfolgsroman *Der Vorleser* (1997) an, in dessen Zentrum eine – teilweise durchaus sympathisch gezeichnete – ehemalige KZ-Aufseherin steht. Timm hingegen beschreite, so Welzer, einen anderen Weg: In *Am Beispiel meines Bruders* verweigere er dieses Einverständnis und riskiere dort Ambivalenz, wo andere zur Befriedung tendierten.[13]

Intimisierung von Geschichte

Nachzutragen bleibt, dass die Intimisierung von Geschichte, die in beiden Phasen zu konstatieren ist, durch außerliterarische Ereignisse begleitet und teilweise auch ausgelöst wurde: so z. B. durch die amerikanische Fernsehserie *Holocaust* (USA 1978, BRD 1979), Steven Spielbergs Film *Schindlers Liste* (1993) und die erste Wehrmachtsausstellung (1995), die Ulla Hahn zu ihrem Roman *Unscharfe Bilder* (2003) inspirierte, in dem eine Lehrerin der möglichen Schuldverstrickung ihres Vaters nachspürt.

8. Rezeption

Am Beispiel meines Bruders erschien im August 2003 im Kölner Verlag Kiepenheuer & Witsch und bescherte Timm den bis dahin größten Erfolg beim Lesepublikum. Das schmale Buch wurde von der Presse vor allem aufgrund seiner autobiographisch geprägten Thematik mit Interesse zur Kenntnis genommen und als bemerkenswerter Beitrag zu einem aktuellen literarischen Diskurs gewürdigt.[14]

Die Rezensenten heben nahezu einstimmig hervor, die Qualität des Bändchens sei vor allem in seinem intimen Charakter zu finden, überdies in der Ehrlichkeit und Glaubwürdigkeit, mit der Timm sich der Geschichte seiner Familie nähere. Gudrun Norbisrath bescheinigt dem Autor, dass es ihm gelungen sei, »aus persönlicher Betroffenheit« zu schreiben, ohne der darin enthaltenen Gefahr der »Distanzlosigkeit« zu erliegen (*Westdeutsche Allgemeine Zeitung*, 20. September 2003). Ursula März bezeichnet das »schmale Prosawerk« als Timms persönlichstes, aber auch heikelstes Buch, das »auf höchst sympathische, anrührende Weise alles Manifesthafte, alles Demonstrative, den Leser Bedrängende« vermeide (*Die Zeit*, 18. September 2003). Ähnlich positiv bewertet Simone Dattenberg im *Münchner Merkur* (24. August 2003) Timms Zugangsweise: Der Autor sei »sehr persönlich, ja intim« und erlaube dem Leser »große Nähe«. Wenn Timm trotzdem keine – möglicherweise gar peinliche – Betroffenheitsprosa liefere, dann sei dies seiner Fähigkeit zur Reflexion zu danken, aber auch, so Ursula März, der kunstvollen Struktur der »Miniatur, […] deren Ganzes die Summe

Ehrlichkeit

Keine Betroffenheitsprosa

der Splitter und Teile unangestrengt übertrifft« (*Die Zeit*, 18. September 2003).

Kritische Stimmen

Aber es gibt durchaus auch kritische Stimmen. Klaus Siblewski vermisst, bei aller Anerkennung, deutlichere Hinweise auf die »gesellschaftlichen Ursachen«, die die Denk- und Verhaltensmuster von Bruder und Vater beeinflussten. Er beanstandet, Timm könne diese Ursachen in seinem »Erinnerungspuzzle« nicht hinreichend fassen (*Frankfurter Rundschau*, 17. September 2003). Ekkehard Rudolphs kritische Einwände sind noch grundsätzlicherer Natur: Er hält Timm vor, aus ihm spreche die Selbstgerechtigkeit des Nachgeborenen, der nicht nach den Voraussetzungen frage, die »diese Generation blind und widerspruchslos in die Katastrophe führten« (*Stuttgarter Zeitung*, 7. Oktober 2003). Bei solchen Einwänden sollte jedoch nicht ganz aus dem Auge verloren werden, dass Timm, gerade weil er verstehen und nicht, wie unterstellt, »einäugig« urteilen will, in seiner Darstellung immerhin bis zur Generation der Urgroßeltern zurückgeht (vgl. 47). Rudolph wirft Timm überdies vor, er sei der Frage ausgewichen, wie er sich denn »selbst verhalten hätte«. Diesem Vorwurf mag man eine gewisse Berechtigung nicht absprechen, wenn nur das *Bruder*-Buch in den Blick genommen wird. Die von Rudolph vermisste selbstkritische Reflexion, genau diese Selbstzweifel hat Timm jedoch in einem wenige Wochen vor Erscheinen der Rezension veröffentlichten Interview explizit artikuliert: »Und, ganz wichtig: Wie hätte ich gehandelt? Ich würde es mir zwar wünschen, aber ich kann leider nicht sagen, ich hätte mich ganz verweigert« (*die tageszeitung*, 13. September 2003). Und die Interviewaussage korrespondiert im Kern

Selbstgerechtigkeit

mit dem, was das *Bruder*-Buch erzählerisch, gleichsam implizit dokumentiert: Sich schreibend anzunähern und Empathie und Identifikation mit dem Täter-Opfer zuzulassen, auch dann, wenn es weh tut.

9. Checkliste

1. Warum hat Uwe Timm erst 60 Jahre nach dem Tod des Bruders über diesen schreiben können?
   Beziehen Sie in Ihre Überlegungen auch das Märchenzitat aus der »Geschichte vom Ritter Blaubart« (9) mit ein, indem sie seinen Symbolwert erläutern.
2. Das Textbild ist geprägt von überwiegend kurzen, deutlich voneinander getrennten Abschnitten. Innerhalb der Abschnitte sind einzelne Wörter oder Sätze durch Verwendung des Kursivdrucks markant hervorgehoben. Untersuchen Sie anhand folgender Beispiele, welche Funktion diesem Gestaltungsmittel im Kontext des jeweiligen Abschnitts zukommt: »*kein Glück im Leben*« (49); »der *normale* Blick auf den Kriegsalltag« (91); »mit einem *Mensch* einfach verschwunden« (47); »Aber dann dieses: *Viel Beute*« (15).
3. Timm versetzt seinen Text nicht nur mit Zitaten aus Briefen und Tagebüchern, die sich im Familienbesitz befinden, sondern auch mit Auszügen aus historischen Quellen. So gibt er z. B. die »Ereignismeldung UdSSR Nr. 106 vom 7. 10. 1941« (136) wieder, liefert ein Exzerpt aus einem Befehl des Generalfeldmarschalls von Reichenau (142) oder zitiert den Reichsführer der SS, Heinrich Himmler (33 f.). Untersuchen Sie anhand der aufgeführten Beispiele die Bedeutung dieser Fremdzitate für das Grundanliegen des Autors, sich der Lebens- und Gedankenwelt seines Bruders anzunähern.
4. Timm hat seinem Buch zwei Verse aus *To Mark Anthony in Heaven*[15] von William Carlos Williams (1883–1963) vorangestellt. Was mag ihn zur Wahl dieser beiden Zei-

len, deren zweite in Williams' Gedicht leitmotivisch verwendet wird, veranlasst haben?

5. Das Buch beginnt mit der »einzige[n] Erinnerung an den 16 Jahre älteren Bruder« (7) und endet mit der Aufzählung der Habseligkeiten, die der Familie nach dessen Tod übersandt werden. Ganz zuletzt wird noch einmal der letzte Eintrag aus dem Kriegstagebuch des Bruders zitiert. Welche Beziehungen bestehen zwischen Anfang und Schlusspassage, welche Funktion(en) haben hier korrespondierende und kontrastierende Elemente und Darstellungszüge?

Ergänzende Aufgaben zur Struktur des Textes

Analytische Aufgaben:

1. Finden Sie weitere Motive, die weit auseinanderliegende Textpassagen thematisch miteinander verklammern.
2. Untersuchen Sie beispielhaft, in welcher Beziehung folgende Textstellen zueinander stehen: »Auch das […] von der Schaukel gefallen« (37) – Brief des Bruders vom 17. August 1943 (37f.) – »Juden war das Betreten des Luftschutzraums verboten« (38) – »Ich habe mir […] ihre Leuchtkraft« (38).

Weiterführender kreativer Schreibauftrag:

Gestalten Sie unter Verwendung von Assoziationen und Erinnerungen ein eigenes Kindheitserlebnis. Gehen Sie dabei von einem Gegenstand aus, der Ihnen schon damals wichtig war und den Sie immer noch besitzen.

10. Lektüretipps

Textausgaben

Timm, Uwe: Am Beispiel meines Bruders. Köln: Kiepenheuer & Witsch, 2003.
– Am Beispiel meines Bruders. Vom Autor durchges. Ausg. München: Deutscher Taschenbuch Verlag, 2005. – *Nach dieser Ausgabe wird zitiert.*

In der Erzählung erwähnte Literatur (Auswahl)

Hürter, Johannes: Ein deutscher General an der Ostfront. Die Briefe und Tagebücher des Gotthard Heinrici 1941/42. Erfurt 2001. – *Im Text zitiert auf S. 25 f.*

Smith, Bradley F. / Agnes F. Peterson (Hrsg.): Heinrich Himmlers Geheimreden 1933 bis 1945 und andere Ansprachen. Frankfurt a. M. [u. a.] 1974. – *Im Text zitiert auf S. 33 f.*

Améry, Jean: An den Grenzen des Geistes. In: J. A.: Jenseits von Schuld und Sühne. Bewältigungsversuche eines Überwältigten. Essays. München 1966. – *Im Text zitiert auf S. 59 f.*

Manstein, Erich von: Verlorene Siege. Bonn 1955. – *Im Text referiert auf S. 94 f.; zum Autor auch S. 101 des Textes.*

Browning, Christopher R.: Ganz normale Männer. Das Reserve-Polizeibataillon 101 und die »Endlösung« in Polen. Reinbek bei Hamburg 1993. – *Im Text referiert auf S. 100 f.; zudem erwähnt auf S. 137 und 143.*

Levi, Primo: Die Untergegangenen und die Geretteten. München/Wien 1990. – *Im Text erwähnt auf S. 102f.*

Wette, Wolfram: Die Wehrmacht. Feindbilder – Vernichtungskrieg – Legenden. Frankfurt a.M. 2002. – *Im Text erwähnt auf S. 142.*

Jünger, Ernst: In Stahlgewittern. Berlin 1920. – *Im Text erwähnt auf S. 149.*

Uwe Timms literarisches Werk (Auswahl)

Heißer Sommer. Roman. München 1974.

Morenga. Roman. München 1978.

Kerbels Flucht. Roman. München 1980.

Der Mann auf dem Hochrad. Legende. Köln 1984.

Vogel, friß die Feige nicht. Köln 1989 (Erw. Ausg. München 2000 u.d.T.: Römische Aufzeichnungen).

Erzählen und kein Ende. Versuche zu einer Ästhetik des Alltags. Köln 1993.

Die Entdeckung der Currywurst. Novelle. Köln 1993.

Johannisnacht. Roman. Köln 1996.

Rot. Roman. Köln 2001.

Der Freund und der Fremde. Eine Erzählung. Köln 2005.

Halbschatten. Roman. Köln 2008.

Jugendbücher Timms (Auswahl)

Die Pirateninsel. Köln 1983.

Rennschwein Rudi Rüssel. Zürich/Frauenfeld 1989.

Der Schatz auf Pagensand. Zürich/Frauenfeld 1995.

Zum Autor und zu *Am Beispiel meines Bruders*

Hielscher, Martin: Uwe Timm. München 2007. (dtv portrait.)

Hummel, Christine: Unscharfe Bilder. Die Darstellung des Zweiten Weltkriegs im Osten bei Ulla Hahn, Uwe Timm und Heinrich Böll. In: Literatur im Unterricht 8 (2007). Heft 3. S. 193–213.

Kammler, Clemens: Uwe Timm: *Am Beispiel meines Bruders*. München [u. a.] 2006. (Oldenbourg Interpretationen. 107.)

– Uwe Timm – ein Archäologe des Alltags. In: Praxis Deutsch 222 (Juli 2010). S. 4–11.

Malchow, Helge (Hrsg.): Der schöne Überfluß. Texte zu Leben und Werk von Uwe Timm. Köln 2005.

Marx, Friedhelm (Hrsg.): Erinnern, Vergessen, Erzählen. Beiträge zum Werk Uwe Timms. Göttingen 2007.

Pfäfflin, Sabine B.: Einem Schatten auf der Spur. *Am Beispiel meines Bruders* von Uwe Timm. Klassenstufen 11–13. In: Deutschunterricht 58 (2005). Heft 4. S. 24–29.

Welzer, Harald: Schön unscharf. Über die Konjunktur der Familien- und Generationenromane. In: Mittelweg 36. 13. Jg. Nr. 1. Januar/Februar 2004. Beilage Literatur. S. 53–64.

Bücher mit ähnlicher Thematik

Bode, Sabine: Die vergessene Generation. Die Kriegskinder brechen ihr Schweigen. Stuttgart 2004.

Bruhns, Wibke: Meines Vaters Land. Geschichte einer deutschen Familie. München 2004.

Grass, Günter: Im Krebsgang. Eine Novelle. Göttingen 2002.

Hahn, Ulla: Unscharfe Bilder. Roman. München 2003.

Maron, Monika: Pavels Briefe. Eine Familiengeschichte. Frankfurt a. M. 1999.

Ortheil, Hanns-Josef: Abschied von den Kriegsteilnehmern. Roman. München/Zürich 1992.

Schlink, Bernhard: Der Vorleser. Roman. Zürich 1995.

Senfft, Alexandra: Schweigen tut weh. Eine deutsche Familiengeschichte. Berlin 2007.

Treichel, Hans-Ulrich: Der Verlorene. Roman. Frankfurt a. M. 1998.

Nachschlagewerke zum Nationalsozialismus

Kammer, Hilde / Elisabet Bartsch: Lexikon Nationalsozialismus. Begriffe, Organisationen und Institutionen. Reinbek bei Hamburg 1999.

Klee, Ernst: Das Personenlexikon zum Dritten Reich. Wer war was vor und nach 1945. Frankfurt a. M. 2003. – *Eine aktualisierte Fassung erschien 2005 im Fischer Taschenbuch Verlag.*

Zum historischen und sozialgeschichtlichen Hintergrund

Friedrich, Jörg: Der Brand. Deutschland im Bombenkrieg 1940–1945. München 2002.

Schneider, Wolfgang: Die Waffen-SS. Text und Dokumentation. Berlin 1998.

Sydnor, Charles W. Jr.: Soldaten des Todes. Die 3. SS-Division ›Totenkopf‹ 1933–1945. Paderborn 2002.

Welzer, Harald / Sabine Moller / Karoline Tschuggnall: »Opa war kein Nazi«. Nationalsozialismus und Holocaust im Familiengedächtnis. Frankfurt a. M. 2002.

Anmerkungen

1 Uwe Timm, *Erzählen und kein Ende*, Köln 1993, S. 144.
2 Zitiert nach: Sabine B. Pfäfflin, »Einem Schatten auf der Spur«, in: *Deutschunterricht*, Jg. 58, Heft 4, August 2005, S. 24–29, hier S. 27. – Das Nachrichtenmagazin *Der Spiegel* führte das Buch übrigens in seiner Bestsellerliste in der Rubrik »Sachbuch«.
3 Uwe Timm, *Am Beispiel meines Bruders*, interpretiert von Clemens Kammler, München [u. a.] 2006 (Oldenbourg Interpretationen, 107), S. 54.
4 »Ich wollte das in aller Härte«, in: *die tageszeitung* (*taz*), Nr. 7156, 13. September 2003, S. 17 f.
5 In *Kerbels Flucht* findet sich auch schon die Beschreibung von den Umständen seines Todes fast wörtlich vorgeprägt. Vgl. Erstausgabe, S. 58–60.
6 Gut ein Jahr nach Beginn des Russlandfeldzuges waren fünfeinhalb Mal mehr Angehörige der Waffen-SS gefallen als in allen vorherigen Feldzügen dieses Krieges zusammen. Ende 1943 überschritt die Zahl der vermissten, gefallenen und schwerverwundeten Waffen-SS-Angehörigen 150 000.
7 Timm (Anm. 1), S. 28.
8 Ebd., S. 57.
9 Ich beziehe mich hierbei auf die Ausführungen von Montague Ullmann / Nan Zimmermann, *Mit Träumen arbeiten*, Stuttgart 1986; vgl. auch Kammler (Anm. 3), S. 67.
10 Pfäfflin (Anm. 2), S. 25.
11 »Ich wollte das in aller Härte« (Anm. 4), S. 17 f.
12 Beispielhaft genannt sei hier: Wibke Bruhns, *Meines Vaters Land. Geschichte einer deutschen Familie*, München 2004.
13 Harald Welzer, »Schön unscharf. Über die Konjunktur der Familien- und Generationenromane«, in: *Mittelweg 36*, 13. Jg., Nr. 1, Januar/Februar 2004, Beilage Literatur, S. 53–64, hier bes. S. 59.
14 Vgl. hierzu auch Kap. 7.
15 This quiet morning light / reflected, how many times / from grass and trees and clouds / enters my north room / touching the walls with / grass and clouds and trees. / Anthony, / trees and grass and clouds. / Why did you follow / that beloved

body / with your ships at Actium? / I hope it was because / you knew her inch by inch / from slanting feet upward / to the roots of her hair / and down again and that / you saw her /**above the battle's fury – / clouds and trees and grass –** / For then you are / listening in heaven.